Grüne Gurken

Bereits von Lena Hach
im Mixtvision Verlag erschienen:

Ich, Tessa und das Erbsengeheimnis

Der verrückte Erfinderschuppen:
Der Limonaden-Sprudler (Bd. 1)
Der Looping-Dreher (Bd. 2)
Der Hitzefrei-Regler (Bd. 3)
Der Turbo-Dünger (Bd. 4)

2. Auflage, 2019

www.mixtvision.de

Umschlaggestaltung: Zero Werbeagentur GmbH
Innentypographie und -gestaltung: Anke Elbel
Infografiken: Katja Berlin
Druck und Bindung: CPI books GmbH, Leck

MIX
Papier aus verantwortungsvollen Quellen
FSC® C083411

MIXTVISION DRUCKT IN DEUTSCHLAND

ISBN: 978-3-95854-108-5
Auch als E-Book erhältlich

LENA HACH
MIT INFOGRAFIKEN VON KATJA BERLIN

Grüne GURKEN

MIXTVISION
Weiter. Erzählen.

Die Tür fällt hinter mir ins Schloss. Im gleichen Moment wird mir klar: Ich habe nicht an den Schlüssel gedacht. Der baumelt entspannt am Brett auf der anderen Seite. Natürlich habe ich auch kein Handy dabei. Das ist mal wieder typisch. Zu Hause – und mit *zu Hause* meine ich mein Dorf in Hessen und werde es immer meinen – hätte ich jetzt mehrere Möglichkeiten. Ich könnte zu Daniel fahren. Ich könnte zu Daniel laufen. Oder den Ersatzschlüssel aus dem Blumenkasten buddeln. Aber in diesem Mietshaus gibt es keinen Blumenkasten – nur jede Menge Müllcontainer. Da wird zwar alles reingestopft, aber garantiert kein Zweitschlüssel für das 2. OG rechts.

Leider habe ich keine Ahnung, wann meine Eltern zurückkommen. Sie sind mit irgendwelchen neuen Kollegen zum Abendessen verabredet und wenn es gut läuft, gehen sie anschließend noch in eine Bar. Fast schon peinlich, wie versessen die beiden darauf sind, hier in Berlin direkt Anschluss zu finden.

Mein Magen knurrt. Das erinnert mich daran, warum ich überhaupt im Treppenhaus stehe. Ich habe wahnsinnigen Hunger. Seit wir hierhergezogen sind, kochen wir abends kaum noch zusammen. Dabei ist das eigentlich unser Familiending. Mama ist fürs Gemüse zuständig, ich für die Kräuter und Papa darf Zwiebeln schnippeln. Ausgefallene Pasta-Soßen sind unsere Spezialität.

Doch vorhin hatte ich auf einmal totales Verlangen nach Milchreis. Weil der dem Magen und der Seele guttut. Ich habe mich also aus meinem neuen Zimmer in unsere Küche bequemt, um die Zutaten zusammenzusuchen. Vor allem der Reis ist entscheidend. Am besten nimmt man Rundkorn, mit viel wasserlöslicher Stärke; das gibt eine richtig schöne Pampe. Je größer die Körner sind, desto mehr Milch wird aufgesaugt. Im Kühlschrank habe ich jedoch nur Sekt und Orangensaft entdeckt – und diese Limonade, die sich Brause nennt. Aber keinen einzigen Tropfen Milch. Kurz, ganz kurz, habe ich in Erwägung gezogen, die Reiskörner roh in mich hineinzuschaufeln. Wenn es zu sehr knirscht, hätte ich einfach O-Saft hinterhergegossen. Da fiel mir der Kiosk auf der anderen Straßenseite ein. Ich war zwar noch nie drin, aber mit etwas Glück gab es da nicht nur Bier und Hipster-Limo, sondern auch das ein oder andere Molkereiprodukt. Also habe ich mir trotz der sommerlichen Hitze Papas Mantel übergeworfen – weil der meinen Pyjama komplett verdeckt – und mir mein Portemonnaie geschnappt. Nur an den Schlüssel habe ich nicht gedacht. Und jetzt steh ich hier also ratlos im Treppenhaus, in meinen Krümelmonster-Hausschuhen.

Ich versuche, mich mit dem Gedanken zu trösten, dass es schlimmer sein könnte. (Und es war schon oft schlimmer!) Ich könnte zum Beispiel nackt hier stehen. Oder in dieser hautfarbenen Unterwäsche von Oma. Stattdessen trage ich einen Pyjama *und* einen Dufflecoat, handgemacht, gefüttert und mit Abstand das beste Kleidungsstück meines Vaters. Schon klar, ich versinke fast in dem Ding. Aber meine Fensterstudien haben ergeben, dass sich die Berliner in den unmöglichsten Klamotten aus dem Haus wagen. Vor allem Jogginganzüge sind schwer angesagt. Da falle ich in meinem Zelt garantiert nicht auf. Also setze ich mich in Bewegung. Denn Hunger habe ich ja immer noch. Ich schlurfe durch das Treppenhaus, auf die Straße. Um mich im Kiosk mit ordentlich Proviant einzudecken. Wer weiß, vielleicht gibt's dort ja sogar diesen Fertigmilchreis. Wie super wäre das denn bitte?!

Ich werfe einen Blick hoch zu unserer Wohnung. Nur in meinem Fenster brennt Licht. Also, ich weiß, dass es mein Zimmer ist. So wie ich weiß, dass man nicht durch null dividieren kann. Oder sich beim Baden nicht die Haare föhnen sollte. Es ist bloß: Das Zimmer fühlt sich nicht wie meins an. Obwohl ich es mir selbst aussuchen durfte. Es ist das beste der ganzen Wohnung. Ein schwacher Trost, wenn die Stadt die falsche ist. (Allerdings immer noch besser als ein schlechtes Zimmer in der falschen Stadt.)

»Lotte, du brauchst Geduld! Natürlich musst du dich noch einleben«, sagt Papa, wann immer ich mich beschwere. Also ständig. »Wir wohnen hier erst seit zwei Wochen.«

Mir ist selbst klar, dass ich mich erst an alles gewöhnen muss. Das nennt man Akklimatisation, ein normaler Prozess eines jeden Organismus, der sich an veränderte Umweltfaktoren anpassen muss. Ich behaupte einfach mal: Größer als in meinem Fall kann eine solche Veränderung gar nicht sein. Von dem Einbruch einer plötzlichen Eiszeit einmal abgesehen.

Ich habe den Verdacht, dass mich Berlin nicht leiden kann. Fest steht, dass die Stadt einen schlechten Einfluss auf mich hat: Ich bin hier noch ungeschickter als in meinem Heimatkaff. Kaum zu glauben, dass das möglich ist. Doch die Vorfälle sprechen für sich. Ein Beispiel? Als ich das Bild aufhängen wollte, das Daniel mir zum Abschied geschenkt hat – ein ironisches Einhorn in Acryl –, habe ich mir mit dem Hammer auf den Daumen gehauen. Ein Klassiker, ich weiß, und nicht mal besonders einfallsreich. Klar, dass ich Daniel ein Foto von dem Matschfinger geschickt habe – seine Antwort kam prompt: »Lotte, ich bin erleichtert. Du bist noch ganz die Alte.« Dann empfahl er mir Jod, Pflaster und Kühlpack. Ich bezweifle, dass all die Maßnahmen wirklich nötig gewesen sind. Aber Daniel hat eben einen ausgeprägten Hang zur Dramatik. Wahrscheinlich kriegt er auch deshalb jede Hauptrolle in der Theater-AG. Mittlerweile muss er dafür nicht mal mehr vorsprechen.

Trotzdem habe ich ihn sehr lieb. Ich habe sogar zu meinem besten Freund gehalten, als er diese schwierige James-Dean-Phase hatte und unablässig dessen Weisheiten wiedergab: »Träume, als ob du ewig leben würdest. Lebe, als ob du heute sterben würdest.« Oder: »Tu nie so ›als ob‹. Wenn du eine Zigarette rauchst, dann rauche sie. Tu nicht so, ›als ob‹ du eine Zigarette rauchst.« Das hat Daniel genau einmal versucht. Richtig zu rauchen. Dann ist er auf Schokoladenzigaretten umgestiegen. Jedenfalls habe ich ihm auch von der letzten doofen Sache erzählt, die mir hier passiert ist: Die Dielen haben meinem Fußballen einen fetten Splitter verpasst. Durch den Socken! Der Splitter sitzt immer noch in meiner Haut. Ich bin gespannt, ob sich das Ding entzündet. Daniel meinte, ich solle mir vorsichtshalber den Fuß amputieren lassen. Und Mama wollte mir

mit einer Nadel zu Leibe rücken. Aber ich habe mich geweigert. Die soll sich mal schön an ihren Patienten austoben. Wegen denen sind wir ja überhaupt erst hierhergezogen. Weil Mama hier einen Superjob in einer Superklinik ergattert hat. Wahrscheinlich sind die Patienten genauso super. Sie warten geduldig, bis sie aufgerufen werden. Egal, wie lange es dauert. Im besten Fall sind sie dann schon von allein gesundet und falls nicht, haben sie die richtige Diagnose selbst parat. Außerdem stellen die Patienten – wenn überhaupt – nur schlaue Fragen. Mit dummen kann man Mama nämlich zielsicher in den Wahnsinn treiben. Dumme Fragen sind ihrer Meinung nach: *Warum fragt keiner, was ich will? Muss es unbedingt noch in diesem Jahr sein? Bleiben wir da dann für immer?*

Damit eines klar ist: Auch für meinen Vater bedeutet die Hauptstadt einen Karrieresprung. Er darf hier in einem schicken Institut arbeiten – zusammen mit jeder Menge anderer Physik-Nerds, die alle die gleiche schmutzige Brille tragen.

Bestimmt ist es schon deutlich geworden: Meine komplette Familie ist überdurchschnittlich clever. Ich bin die unfreiwillige Ausnahme. Deshalb halte ich das Ergebnis meines letzten IQ-Tests auch geheim. Es reicht zu wissen, dass ich damit kein Mitglied im Verein der Intelligenzbestien werden kann. Den Verein gibt es wirklich. Nur heißt er anders, irgendwas mit *Gesellschaft* und *hochbegabt*. Oder war es *Gemeinschaft* und *gottbegnadet?* (Das gehört zu den Dingen, die ich verdränge.)

Verständlicherweise sind meine Eltern enttäuscht. Schon ihre Eltern und Großeltern waren in dem Verein. Es ist sozusagen Familientradition. Wie Käsefondue zum Jahreswechsel. Und Sommerurlaub in der Toskana. Der übrigens in diesem Jahr zum allerersten Mal ausgefallen ist. Weil: Wichtigeres. Nämlich: Umzug. Auf jeden Fall haben meine Eltern mich noch nicht aufgegeben. Jahr für Jahr schleppen sie mich in ein wechselndes Konferenzhotel zur offiziellen Aufnahmeprüfung. Da schwitze ich dann zwischen anderen, mehr oder weniger ehrgeizigen Sprösslingen von definitiv ehrgeizigen Menschen. Und wir alle suchen das nächste logische Zeichen für irgendeine bescheuerte Reihe. Muss ich erwähnen, dass meine Cousins und Cousinen es auf Anhieb geschafft haben? Deshalb verbringen sie diese Ferien auch alle zusammen in einem Hochbegabten-Camp im Schwarzwald. Enno, der älteste, hat meinen Eltern eine Postkarte geschickt. Auf Esperanto. Lesen konnte ich die nicht. Aber ich kann mir auch so denken, was meine Cousins und Cousinen da machen. Wenn sie nicht gerade Karten in einer künstlichen Sprache verfassen. Garantiert lösen sie von morgens bis abends mathematische Probleme, spalten zur Entspannung ein paar Atome, um danach kosmische Wurmlöcher zu erforschen. Und vor dem Zähneputzen wird schnell noch die Relativitätstheorie relativiert.

Ich meine, Kanufahren wäre doch auch eine Option! Also, für mich nicht. Ich bin unsportlich. Was natürlich auch nicht fair ist. Denn einem Hochbegabten verzeiht man Unsportlichkeit nicht nur; die wird geradezu erwartet. Aber ein durchschnittsschlauer Mensch wie ich sollte durchaus in der Lage sein, über einen Bock zu springen. Ohne erst mal breitbeinig darauf sitzen zu bleiben.

Statt in irgendeinem Sportverein oder auf einer Joggingstrecke zu schwitzen, verbringe ich meine freie Zeit am liebsten zu Hause. Meistens zeichne ich Grafiken. Andere schreiben Tagebuch, ich klappe den Laptop auf und entwerfe Torten-, Block- und Mengendiagramme. Graphen finde ich auch ganz toll. Geht

schneller als dieses *Liebes-Tagebuch-Blabla* und macht mehr Spaß – ist allerdings genauso privat. Und anders als etwa beim Sport kann dabei nicht viel schiefgehen. Okay, einmal bin ich vom Stuhl gefallen und habe mir den Stift ins Auge gerammt. Schön ist was anderes. Jedenfalls fühle ich mich drinnen eindeutig wohler als draußen. Vor allem seit wir in Berlin leben. Deshalb werde ich auch nervöser, je mehr ich mich dem Kiosk nähere. SPATI steht in fetten Leuchtbuchstaben über der Tür.

Ich war noch nie drin in dem Laden, den ich auch von meinem Zimmer aus sehen kann. Aber ich habe den Verdacht, da werden Drogen vertickt. Oder Schlimmeres. Wobei mir nicht klar ist, was schlimmer sein könnte. (Vielleicht ausgestopfte Robbenbabys.)

Schließlich sind wir hier in Kreuzberg und zwar so weit im Süden, dass es fast schon Neukölln ist. Angeblich gibt es da gefährliche Ecken – und das macht den Umzug noch dramatischer. Nicht für mich, ich finde alle Stadtteile gleich bescheuert. Aber eben für unsere Freunde zu Hause, die höchstens mal für ein Wochenende hier gewesen sind, um die Sehenswürdigkeiten abzuhaken. Die warten bestimmt nur darauf, dass einer von uns überfallen wird und wir reumütig zurückkehren. Ehrlich gesagt, kann ich mir Schlimmeres vorstellen. Dann müsste ich nicht in diese neue Schule, hätte Daniel ganz in meiner Nähe ... nur an meinem IQ würde es nichts ändern. Es sei denn, der Gangster würde mir ordentlich einen über den Schädel ziehen. Aber das ist nicht das, was ich meine.

Mit angehaltenem Atem öffne ich die Kiosktür. Wahrscheinlich wäre ich trotz meines Looks wirklich nicht aufgefallen. Wenn ich darauf verzichtet hätte, das Regal mit den Konserven umzureißen.

»Oh nein, nein, bitte nicht«, murmle ich. Das interessiert die Dosen natürlich kein bisschen. Die fallen trotzdem. Bestimmt 30 Stück – alles Kichererbsen. Ich stehe da wie gelähmt und weiß nicht, was ich tun soll. Mich sofort auf den Boden knien und die Dosen aufsammeln? Oder erst mal nach hinten gehen und mich entschuldigen? Der Typ hinter dem Tresen tippt angestrengt auf seinem Handy herum – als wäre nichts passiert. Hat er den Krach nicht gehört? Ist das überhaupt möglich? Ich frage mich gerade, welche Rolle seine potenzielle Schwerhörigkeit für mein weiteres Vorgehen spielt, als der Typ zu fluchen beginnt.

»Scheiße!«, ruft er. »Verdammte Scheiße!«

Der Typ ist gigantisch. Groß und breit. Seine Haare sind so kurz, dass man es wohl schon Glatze nennt. Außerdem hat er nur ein Unterhemd an. Also obenrum. Die Wahrscheinlichkeit, dass er auch eine Hose trägt, ist zugegebenermaßen hoch. Nur kann ich die von hier aus eben nicht sehen. Am auffälligsten sind seine Arme: Von der Schulter bis zum Handgelenk schlängeln sich dunkle Muster über die Haut. Dadurch wirkt er fast schon wieder richtig angezogen.

»So eine verdammte Scheiße!«, ruft der Typ noch einmal.

»Tut – tut mir leid«, stammle ich. »Ich kauf die Dosen.« Ess ich für den Rest meines Lebens halt Hummus.

»Was?«, fragt der Typ. Wie in Zeitlupe legt er sein Handy zur Seite. Er scheint grundsätzlich eher von der langsamen Sorte zu sein.

»Ich kauf die Dosen«, sage ich.

»Was denn für Dosen?«

Ist das sein Ernst? Anstatt eine Antwort zu geben, wedele ich mit beiden Händen in der Luft herum. In etwa dort, wo eben noch das Regal stand. Da kapiert der Typ endlich. Er zieht die Augenbrauen zusammen, bis sie sich fast berühren. Und dann beginnt er zu lächeln.

»Du kaufst die Dosen nicht«, sagt er. »Du verkaufst die.«

»Hä?«, mache ich. Inzwischen bin ich mir sicher, dass der Typ einen an der Waffel hat. In dieser Stadt gerate ich ständig an so Leute, vor allem in der Bahn. Im Ernst, meine Trefferquote, mich neben den einzig Verrückten im Abteil zu setzen, ist enorm hoch. Jetzt schwingt der Typ sich über den Tresen. Und da sehe ich auch seine Hose. Eine helle Jeans, eindeutig zu eng. An den Füßen trägt er rosa Flipflops. Mit großen Schritten läuft der Typ zu mir.

»Hast du Erfahrungen im Einzelhandel?«, will er wissen.

»Ähm, ja. Als Kundin.«

»Gut«, sagt der Typ. »Ist auch nicht schwer. Gibt nur drei Regeln.«

Ich will protestieren, aber der Typ hebt die Hand und ich halte die Klappe.

»Erste Regel«, sagt er. »Das Rückgeld wird sofort nachgezählt. Spätere Beschwerden gehen dir am Arsch vorbei. Klar?«

Ich nicke. Denn was soll ich sonst tun? Flucht ist jedenfalls keine Option. Zwar ist unsere Wohnung direkt gegenüber, aber da komme ich ja nicht rein!

»Zweite Regel: Leute in deinem Alter immer im Auge behalten. Ihr klaut wie blöd.«

Ich überlege, ob ich beleidigt sein soll. In meinem ganzen Leben habe ich noch nichts geklaut. Nicht mal ungefragt geborgt. Aber wahrscheinlich würde der Typ mir so oder so nicht glauben. Er fasst mich an den Schultern und schiebt mich hinter den Tresen. Ich entdecke die strategisch platzierten Spiegel.

»Damit hast du alles im Blick«, erklärt der Typ. »Und jetzt kommt schon die letzte Regel: Der Laden wird nicht dichtgemacht, egal, was passiert. Es ist Freitagabend! Klar?!«

»Klar«, sage ich. So viel Entschlossenheit ist ansteckend. Der Typ holt unter dem Tresen einen dunkelblauen Fahrradhelm hervor. Er setzt ihn auf, dreht mir den Rücken zu und geht etwas in die Knie.

Was jetzt? Soll ich ihm auf die Schultern klettern? Der Typ zeigt auf seinen Nacken.

»Das Licht« murmelt der Typ. Da sehe ich es. Hinten am Helm ist ein herzförmiges Blinklicht befestigt.

Als ich mit dem Zeigefinger einmal darauf tippe, leuchtet es.

»Funktioniert«, melde ich. Ohne ein weiteres Wort richtet der Typ sich auf und geht zur Tür. Er steht schon fast auf der Straße, da dreht er sich noch mal zu mir um.

»Ich hab eine Regel vergessen«, brummt er. »Finger weg vom Radio!« Und dann lässt er mich wirklich allein.

Keine Frage, den Abend hatte ich mir anders vorgestellt. Aber immer noch besser, hier hinter dem Tresen zu stehen als drüben vor der Tür zu sitzen. Andererseits müsste ich mir da nicht diese Musik reinziehen, die aus dem Radio neben mir dudelt. Die Musik ist wirklich … interessant. Man könnte auch sagen: gewöhnungsbedürftig. Oder schrecklich. Den Text verstehe ich nicht; ich glaube, das ist Türkisch. Aber es ist klar, dass die Sängerin leidet. Und zwar sehr. Nur meinen Ohren geht es in dem Moment wahrscheinlich noch schlechter. Ich überlege, ob ich das Gerät nicht doch einfach ausschalten soll. Aber es ist komplett verstaubt. Egal, auf welchen Knopf ich drücke, ein Abdruck wird bleiben. Der Typ braucht nur einen Blick auf sein Radio zu werfen und schon weiß er, dass ich doch daran herumgefummelt habe. Die Sache ist die: Mit jemandem, der mir mit einem einzigen Fingerschnips alle 24 Rippen brechen kann, lege ich mich lieber nicht an.

Ohrenstöpsel wären jetzt ideal. Ob es die hier gibt?

Ich lasse meinen Blick durch den Laden schweifen und entdecke die Uhren. Fünf mächtige Bahnhofsuhren, die nebeneinander an der Wand hängen. *Berlin, Moskau, Tokio, New York* steht unter den ersten. *Mond* unter der letzten. Noch merkwürdiger als diese letzte Beschriftung ist das leere Ziffernblatt. Außerdem sind die zwei Zeiger der Mond-Uhr genau gleich lang.

Welcher davon ist für die Stunden zuständig? Welcher für die Minuten? Oder sind auf dem Mond möglicherweise ganz andere Einheiten gefragt? Und wer legt eigentlich fest, welche Uhrzeit irgendwo ist? Das interessiert mich wirklich. Deshalb beschließe ich, ein bisschen zu dem Thema zu recherchieren. Sobald ich wieder ein Gerät mit Internet zwischen den Fingern habe.

Ich inspiziere den Laden genauer. Anders als erwartet entdecke ich keine Drogen, die vertickt werden wollen. Auch keine Robbenbabys. Aber sonst gibt es alles. Vom Milchreis einmal abgesehen. Neben dem Vollkornbrot lagern Tampons, neben den Chips Bleistifte in fünf verschiedenen Härtegraden und bei den Tütensuppen stapelt sich ultra-softes Toilettenpapier. Ich hoffe inständig, dass mich niemand fragt, wo irgendetwas Bestimmtes zu finden ist. Erstens wüsste ich bei dieser Ordnung sowieso keine Antwort. Und zweitens kann ich die Leute, mit denen ich seit meinem Umzug gesprochen habe, an einer Hand abzählen. (Meine Eltern eingerechnet.) Wenn es nach mir geht, kann das ruhig so bleiben. Irgendwie befürchte ich, dass hier alle viel cooler sind. Lässiger, erfahrener. Anders formuliert: Wenn man nach Berlin zieht, sollte man vorher mindestens in London gelebt haben. Noch besser wäre San Francisco oder New York. Aber ich komme aus einem Kaff in Süddeutschland! Und in den USA war ich noch nicht mal im Urlaub.

Die nächste halbe Stunde verbringe ich damit, aus den Kichererbsen-Dosen eine Art Fernsehturm zu bauen. Dabei stelle ich fest, dass die Dosen nächsten Monat ablaufen. Die Dinger müssen also schon eine ganze Weile darauf warten, gekauft zu werden …

Ich merke, wie ich sauer werde. Weil ich eine Parallele erkenne zwischen den bescheuerten Dosen und mir. Wer weiß, wie lange ich hier noch ausharren muss? Da haut dieser Kiosk-Typ einfach ab, ohne einen Grund zu nennen, und hält es auch noch für selbstverständlich, dass ich mich in seiner Abwesenheit hinter den Tresen stelle. Und mir seine Scheißmusik reinziehe! Woher weiß er eigentlich, dass ich nichts Besseres zu tun habe?

Ich beschließe, dass mir Verpflegung zusteht. Im Kühlregal entdecke ich haufenweise pinke Würstchen, Scheibenkäse, Radiergummis (!) und einen gesalzenen Joghurtdrink, der sich Ayran nennt. Alles nichts, was mich jetzt glücklich macht. In meiner Verzweiflung öffne ich eine Tüte Erdnussflips. Futternd baue ich an meinem Dosen-Wahrzeichen weiter und überlege mir Dinge, die ich dem Typen – wenn er jemals zurückkommt – nur in meiner Vorstellung an den Kopf werfe. Als ich da so auf dem Boden sitze wie ein schmollendes Kleinkind mit Bauklötzen, betritt sie den Laden: meine erste Kundin.

Sie könnte direkt von einem Filmset kommen, so interessant sieht sie aus. Und schön. Sie hat blondes Haar, das ihr bis über die Schultern reicht; ihre vollen Lippen sind knallrot geschminkt. Die Klamotten sind allerdings alles andere als tussihaft. Sie trägt eine kurze Lederjacke, eine schwarze Jeans und abgeranzte

Rocker-Stiefel. In der einen Hand hält die Frau einen mattschwarzen Motorradhelm. Ich habe mich noch nie in eine Frau oder in ein Mädchen verliebt. Aber das ist der Moment, in dem es beinahe passiert.

»Sie wünschen, bitte?«, fragt mein Mund. Im gleichen Moment ist meinem Gehirn ein Stück weiter oben klar: Das ist nichts, was man in einem Kiosk fragt. Zumindest nicht in dieser Stadt. Da hält man seine Klappe. Wenn jemand reinkommt, wird allerhöchstens genickt. Und das ist dann schon ein richtiger Gefühlsausbruch. Am besten macht man unbeeindruckt weiter mit dem, was man halt gerade tut, zum Beispiel aufs Handy starren oder bescheuerte Türme bauen. Die Frau guckt mich irritiert an. Auf ihrer Stirn, zwischen den sanft geschwungenen Augenbrauen, erscheint eine Falte. Selbst die ist gelungen. Nicht zu tief und ganz gerade, wie mit einem Lineal gezogen. Die Frau lässt ihren Blick kreuz und quer durch den Laden gleiten.

»Tampons sind beim Vollkornbrot«, platzt es aus mir heraus. Im gleichen Moment würde ich gern in dem klebrigen Boden versinken. Ich kann es nicht fassen! Mein Hirn hat mal wieder eine seiner wilden Verknüpfungen hergestellt. Ich versuche eine Rekonstruktion: Ohne Zweifel sucht die Frau etwas. Allerdings fragt sie nicht direkt. Das spricht dafür, dass ihr das Gesuchte unangenehm oder in irgendeiner Weise peinlich ist. Alle mir bekannten Mädchen finden vor allem eines peinlich: ihre Regel. Sie schämen sich irrsinnigerweise für alles, was damit zusammenhängt. Zum Beispiel für Hygieneartikel. Daraus hat mein übereifriges Hirn nun kombiniert, dass meine erste Kundin nur eines suchen kann: Tampons. Eigentlich ganz logisch, oder?

»Was hast du gesagt?«, fragt die Frau.

»Dass die Tampons beim Brot stehen?«

»Ja, ist das nicht unglaublich!«, ruft die Frau. »Beim Vollkornbrot! Keine Ahnung, wie das bei dir ist. Aber wenn ich menstruiere, brauche ich Schokolade. Tampons müssen zum Süßkram! Das habe ich Yunus schon oft gesagt. Aber die Ordnung hier ist eben speziell.«

»Genau wie die Musik«, murmle ich, einigermaßen eingeschüchtert. Schließlich habe ich soeben die coolste Frau der Welt kennengelernt.

»Ja«, sagt sie und lacht. Jetzt kann ich die Lücke zwischen ihren Schneidezähnen sehen. Und es ist genau dieser kleine Makel, der sie so richtig interessant macht. »Das mit dem Radio ist schlimm.« Sie nimmt sich ein paar Flips aus meiner Tüte. »Ich bin übrigens Miri.«

»Lotte«, sage ich.

Die Frau namens Miri nickt. Dabei sieht sie mich so aufmerksam an, dass klar ist: Sie merkt sich meinen Namen auf Anhieb. Das ist etwas Besonderes. Die meisten Menschen brauchen zwei, drei Anläufe für so was.

»Und wo steckt Yunus?«, fragt sie mit vollem Mund.

Ich zucke mit den Schultern. Ich habe absolut keine Ahnung.

Außerdem kann ich nur vermuten, dass sie den tätowierten Riesen meint, der mich hier sitzen gelassen hat. Er hat mir ja nicht einmal seinen Namen verraten.

»Bestimmt hat er mir geschrieben«, sagt Miri. Seufzend zieht sie ein uraltes Handy aus der Jackentasche und schließt es an ein Ladekabel hinter dem Tresen an. »Der Akku macht ständig schlapp ... Wie lange ist er denn schon weg?«

Ich schaue zur Berlin-Uhr.

»Vielleicht eine Stunde?«, schätze ich. »Auf jeden Fall hatte er es ziemlich eilig.«

Miri kratzt sich an der Nase.

»Ungewöhnlich«, sagt sie. »Für einen Freitagabend.« Sie geht zum Kühlregal, nimmt sich einen Joghurtdrink heraus und trinkt ihn leer, ohne einmal abzusetzen. Ob ich jetzt Geld von ihr verlangen soll? Ich weiß ja nicht mal, wie viel. Außerdem ist Miri echt nett. Und Yunus wirkt nicht gerade so, als hätte er seine gesalzenen Joghurtdrinks abgezählt. Sicher ist das natürlich nicht. Vielleicht hat er ein fotografisches Gedächtnis. Vielleicht nimmt er auch alles mit einer Überwachungskamera auf.

»Keine Sorge«, sagt Miri, die offensichtlich nicht nur schön und cool und nett ist, sondern auch Gedanken lesen kann. »Mir stehen zwei Ayran pro Tag zu.« Sie grinst. »Ursprünglich war es nur einer. Aber als ich mit Yunus zusammengekommen bin, hab ich erfolgreich nachverhandelt.«

Wow. Dann sind die beiden also zusammen? Keine Ahnung, warum. Aber das überrascht mich. Miris Handy wacht auf, es gibt einen kleinen Piep von sich. Und dann noch einen und noch einen und noch einen.

»Was zur Hölle –«, beginnt Miri. Sie schnappt sich das Handy und drückt darauf herum. »Scheiße!«, ruft sie keine Sekunde später – in dem Moment klingt sie genau wie Yunus. »Verdammte Scheiße!« Als Miri mich ansieht, ist wieder diese Falte auf ihrer Stirn.

»Lotte, ich muss ins Krankenhaus«, sagt sie. »Kriegst du das hier allein hin?«

Ich zucke mit den Schultern.

»Ich kenne Regeln eins bis drei«, murmle ich. »Und das mit dem Radio weiß ich auch.«

Miri nickt. »Die zweite kannst du vergessen. Aber das mit dem Wechselgeld ist echt wichtig. Vor allem die Omas bescheißen.«

»Alles klar«, sage ich und meine es auch so. Zufrieden setzt Miri sich ihren Helm auf. Sie klappt das Visier hoch und deutet zum Radio.

»Ich zieh immer den Stecker«, sagt sie – und dann ist sie weg.

Dann geht es los. Der Laden wird geradezu überrannt. Als hätte ganz Kreuzberg beschlossen, dass es höchste Zeit ist, bei Yunus einzukaufen. So eine schräge Mischung an Leuten ist mir bisher an keinem Ort untergekommen. Auf Fans im Fußballtrikot folgen Anzugträger und eine Frau im Opernkleid, ausgestattet mit rosaroten Rüschen und Perlenkette. Außerdem kassiere ich jede Menge hippe Typen im karierten Holzfällerhemd ab – ich glaube, ich habe noch nie so viele Vollbärte gesehen.

Ich tue so, als wüsste ich, was ich zu machen habe. Mir bleibt gar nichts anderes übrig. Ich tippe ein bisschen, rechne ein bisschen – und die meisten Preise denk ich mir aus.

Alle, die in den Kiosk kommen, sind älter als ich. Und fast alle kaufen ein »Weg-Bier«. Auch Sesamringe sind der Renner. Dabei geht es irgendwie darum, eine gute Grundlage zu schaffen. (Nur für was, weiß ich nicht.)

Anfangs bin ich total schüchtern. Doch alle anderen sind so locker drauf, dass ich mich davon anstecken lasse. Zumindest ein bisschen.

Ich beginne tatsächlich, den Leuten zuzunicken. In ganz verwegenen Momenten lächle ich sogar. Aus irgendeinem Grund verleiht mir meine Position hinter dem Tresen Selbstbewusstsein. Gegen Mitternacht fühlt sich der Laden fast wie meiner an. Und als kurz nach eins ein Mädchen mit einem riesigen Wuscheldutt den Laden betritt, sage ich sogar Hallo!

»Hi«, sagt sie und wendet sich dem Typen an ihrer Seite zu. Mit seiner Baseballkappe und dem Goldkettchen sieht er aus wie ein Nachwuchs-Rapper. Er hat sein Weg-Bier schon in der Hand. »Guck mal, Kichererbsen«, sagt das Mädchen. Sie deutet auf meinen halbfertigen Fernsehturm.

»Mann, was willst du denn mit Kichererbsen?«, murmelt der Typ. Das Mädchen mit dem Wuscheldutt klappt den Mund auf und wieder zu. Ich springe ein.

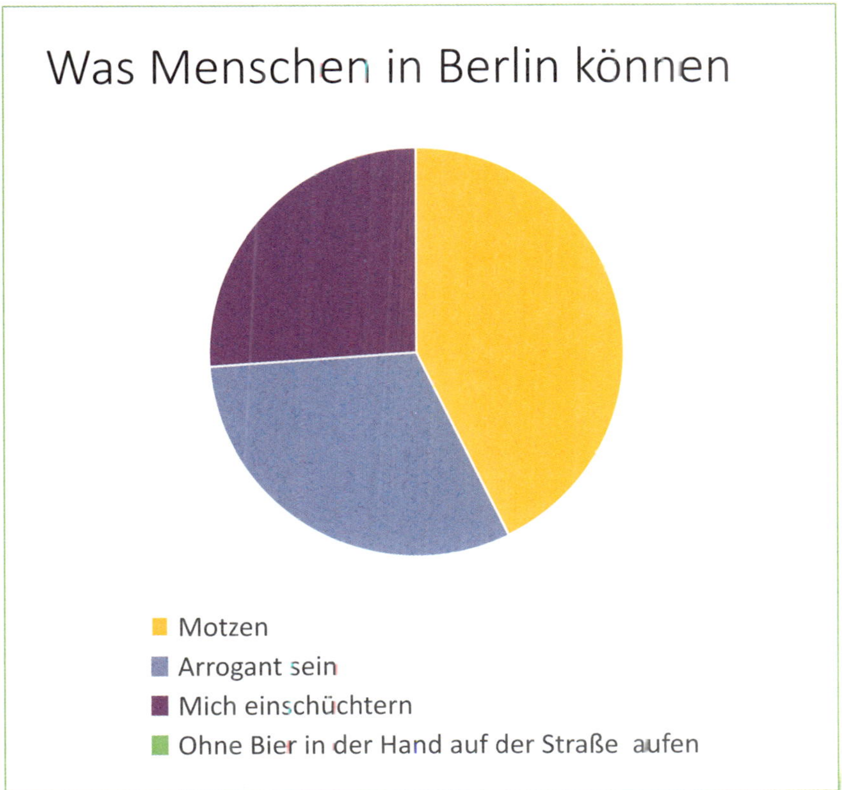

»Kichererbsen sind eine gute Grundlage«, behaupte ich.

»Echt?«, fragt der Typ.

»Die beste.«

»Geil«, sagt der Typ und stellt gleich drei Dosen auf den Tresen.

Da komme ich auf die Idee mit dem Zettel: *2 Dosen zum Preis von 1* schreibe ich in Schönschrift darauf – *nur heute!* Ich habe den Zettel gerade an die Dosen gepappt, als Yunus zurückkommt – mit Miri an seiner Seite. Yunus sieht ziemlich fertig aus. Über meine Marketingaktion kann er sich allerdings immer noch aufregen.

»Zwei zum Preis von einer?«, empört er sich. »Warum verschenken wir die verdammten Erbsen nicht einfach?«

Ich hole Luft, um Yunus zu erklären, dass die Dosen spätestens nächsten Monat sowieso in die Tonne müssen – aber Miri ist schneller.

»Schatz, beruhig dich«, sagt sie. Mit beiden Händen packt sie Yunus an den Schultern und steuert ihn in Richtung Gefriertruhe. Miri schiebt den Deckel auf und vergräbt eine Hand darin. Eine Weile tastet sie zwischen den Eiswürfeltüten herum, schließlich zieht sie einen gefrorenen Schokoriegel hervor.

Yunus wirft mir einen bösen Blick zu. »Ich hoffe, du hast wenigstens beim Wechselgeld aufgepasst«, motzt er.

»Ignorieren«, ordnet Miri an. Sie reißt den Schokoriegel auf und drückt ihn Yunus in die Hand. Im gleichen Augenblick vergräbt er seine Zähne darin.

»Kalt«, murmelt Yunus. Er lässt seinen massigen Körper an der Gefriertruhe heruntergleiten. Dann legt er seinen Kopf zwischen die Knie und fängt an zu weinen.

Ich weiß nicht, wohin ich gucken soll. Der ganze Yunus-Berg wackelt, die Schultern zucken unkontrolliert auf und ab. Miri hat sich dicht neben ihn gesetzt. Sie macht Geräusche, als gelte es, ein Baby zu beruhigen. Mir wird klar, dass ich in dem Moment nicht nur überflüssig bin – sondern total fehl am Platz. Also beschließe ich, wieder rüberzugehen. Meine Eltern müssten sowieso bald zurückkommen. Auf dem Weg nach draußen drehe ich das OPEN-Schild an der Ladentür um. In der Verfassung will Yunus bestimmt nicht gestört werden. Aber da habe ich mich gründlich geirrt.

»Dritte Regel«, schnieft Yunus ohne aufzusehen. »Am Freitagabend bleibt der Laden auf!«

Also drehe ich das Schild schnell wieder um. Auch wenn es genau genommen schon Samstagmorgen ist.

Zum Frühstück gibt es leicht angebrannte Aufback-Croissants. Ich glaube, selbst wenn es nur Kohlestückchen wären, meine Eltern würden es nicht einmal merken. Weil der Abend mit den neuen Kollegen ein voller Erfolg war, finden sie heute alles toll.

»Und was hast du Schönes gemacht?«, fragt Papa. Prompt kassiert er einen Blick von Mama, der so viel bedeutet wie: *Was soll die Frage? Was hat das Kind wohl gemacht? Im Bett gelegen hat es! (Das heißt, bis es sich aus der Wohnung ausgeschlossen und dann verzweifelt auf uns gewartet hat.)*

»Na, sag schon.«

Keine Ahnung, ob Papa Mamas Blicke wirklich nicht lesen kann. Kurz überlege ich, ob er mich damit ärgern will, dass ich hier noch keine Freunde gefunden habe, mit denen ich um die Häuser ziehen kann. Als hätte ich das jemals gemacht. Ich verwerfe den Gedanken wieder. Mein Vater ist zwar vieles, aber nicht fies. Außerdem gehe ich jede Wette ein, dass mein 14-jähriger Vater genauso wenig mit Gleichaltrigen zu tun hatte.

»Na, Lotte?«, fragt Papa noch einmal und schmiert sich Marmelade auf die dunkelbraune Croissantspitze. »Was hast du gemacht?«

Ich will schon irgendeinen Satz nuscheln, in dem das Wort Laptop vorkommt, als mir klar wird, dass ich gestern ja wirklich etwas erlebt habe.

»Ich hab ein paar Stunden drüben im Kiosk ausgeholfen«, sage ich und nehme Papa das Marmeladenglas aus der Hand.

Meine Eltern sehen sich an – und prusten los. Natürlich. Weil es ganz und gar unglaublich ist, dass ich mal einen Abend nicht in dieser Wohnung abhänge.

»Im Kiosk ausgeholfen!«, ruft Mama.

»Ein paar Stunden«, ruft Papa.

»Lotte, du bist so lustig!«

Ja, das stimmt schon. Ich bin wirklich lustig. Angeblich habe ich einen angeborenen Sinn für Humor. Aber das hier war kein Witz. Ich hätte wohl ein Selfie machen sollen, als ich hinter dem Tresen stand. Meine Eltern schnappen nach Luft. Mama wischt sich sogar eine Träne aus dem Auge. Ich lege mein Croissant auf den Teller.

»Und hast du auch was verdient?«, fragt Mama, um den Hammer-Gag noch ein bisschen weiterzutreiben.

»Ähm«, mache ich. Weil es mir erst jetzt aufgeht: Ich habe ganz umsonst geschuftet! Mich ausbeuten lassen! Aber das werde ich natürlich nicht zugeben. Da spricht Mama zum Glück auch schon weiter.

»Scherz beiseite«, sagt sie. »Das mit dem Job ist eigentlich gar keine schlechte Idee. Schließlich sind noch vier Wochen Ferien.«

Papa schiebt seine Brille zurück. Und schon beginnt eines dieser Gespräch über meinen Kopf hinweg. Üblicherweise versinke ich dann in meinen eigenen Gedanken. Aber ich habe den Verdacht, dass ich heute unbedingt aufpassen sollte.

»Ein Job?«, fragt Papa. »Ich fände es besser, Lotte würde die Zeit nutzen, um zu trainieren. Die nächste Prüfung ist im September. Es gibt da ein paar tolle neue Apps –«

»Im September schon?«, ruft Mama. »Dann könnte Lotte doch auf dem Weg zur Arbeit trainieren.«

Ein ungutes Gefühl breitet sich in meiner Magengegend aus. Ich weiß, dass Anfang Herbst ein neuer Intelligenztest ansteht. Der entscheidet darüber, ob ich vielleicht doch noch in den Verein meiner Eltern darf. Aber das mit dem Job trifft mich völlig unvorbereitet. Und ich Trottel habe sie auch noch auf die bescheuerte Idee gebracht.

»Hmm«, macht Papa. »Was für einen Ferienjob stellst du dir denn vor?«

»Das Beste wäre eine Aufgabe, bei der Lotte richtig was lernt«, findet Mama. »Thomas, meinst du, es gibt bei euch im Institut was? Oder ich frag mal in der Klinik, vielleicht im Labor ...«

Im Labor! Damit ich lerne, wie man Körperflüssigkeiten auf einem Objektträger verteilt? Nein danke. Das ist der Punkt, an dem ich mich in die Diskussion einschalte. Zur Schadensbegrenzung.

»Ich such mir selbst einen Job«, verkünde ich etwas zu laut.

Meine Eltern blicken mich an. Als würden sie erst jetzt merken, dass ich auch mit am Tisch sitze.

»Du willst dir selbst einen Job suchen?«, fragt Papa und lässt doch glatt sein Messer fallen. »Findest du wirklich, dass das eine gute –«

»Ich finde, das ist eine sehr gute Idee!«, fällt Mama ihm ins Wort. Begeistert drückt sie mir einen Kuss ins Gesicht. Halb auf die Wange, halb aufs Auge.

»Du suchst dir selbst was!«, sagt sie und damit ist es beschlossene Sache. »Ich schick dir gleich mal ein paar Links zu Seiten, auf denen du was Passendes findest! Die Medizinische Gesellschaft zum Beispiel. Oder bei Ärzte ohne Grenzen. Oder –«

Ich schalte ab. Weil ich längst entschieden habe, wo ich arbeiten werde. Drüben, im Kiosk.

Es gibt nur ein Problem: Yunus weiß noch nichts davon, dass ich zukünftig regelmäßig bei ihm jobben will. Aber das lässt sich natürlich ändern. Kaum sind meine Eltern aus dem Haus – sie wollen zur Museumsinsel –, mache ich mich auf den Weg zum Kiosk. Dieses Mal trage ich Klamotten, die sowohl meinem Alter als auch der Jahreszeit entsprechen: kurze blaue Chinos, ein weißes T-Shirt und abgelatschte Turnschuhe. Hoffentlich erkennt Yunus mich auch, wenn ich nicht wie ein Freak aussehe.

Bevor ich das Haus verlasse, werfe ich einen Blick in den Briefkasten. Es ist eigentlich nur so ein Gefühl, dass da etwas auf mich warten könnte. Aber ich liege richtig! Tante Grete, das selbst ernannte bunte Schaf unserer Familie, hat mir wieder eine Karte geschickt. Ich glaube, sie ahnt, wie blöd es hier für mich ist. Deshalb versucht sie, mich mit lustigen Sprüchen aufzumuntern.

Nur das Genie beherrscht das Chaos stand auf einer der ersten Karten. *Alles ist gut. Solange es aus Schokolade ist* auf einer anderen. Die neueste zeigt eine Blumenwiese mit Hummel. Die tut das, was Hummeln so tun. Nektar saufen. Pollen sammeln. Sich keine Sorgen machen über das Ende der Sommerferien und die neue Schule und die Frage, was die anderen Hummeln von ihr halten werden. Ob sie sich totlachen, wenn sie mal wieder gegen eine Fensterscheibe fliegt oder – schlimmer noch – den Honigtopf der Königin umstößt. Ganz oben auf der Karte steht ein Spruch: *Nach allen bekannten Gesetzen der Aerodynamik ist es unmöglich, dass eine Hummel fliegen kann. Die Hummel weiß das nicht – sie fliegt einfach!*

Das ist natürlich Unsinn. Tante Grete hat als wohl einziges Familienmitglied nicht den Hauch einer Ahnung von Naturwissenschaften. Das Stichwort ist: Aerodynamik. Eine Hummel bewegt ihre Flügel. Damit erzeugt sie Wirbel, die ihr den nötigen Auftrieb verschaffen. Daher ist es auch kein Wunder, dass sie fliegen kann. Gewicht hin oder her. Aber das kümmert Tante Grete natürlich nicht. Sie fand die Karte wahrscheinlich einfach nur passend. Subtil ist das nicht. Ich kann mir schon denken, wer die Hummel ist. Ich. Optisch genau mein Insekt. Also soll ich meine nicht vorhandenen Flügel ausbreiten und losfliegen? Leider lockt mich der Himmel über Berlin nicht. Kein bisschen. Und die Straßen genauso wenig. Aber der Kiosk gegenüber … den finde ich zugegebenermaßen interessant. Also stecke ich die Karte in meine Tasche und laufe los.

Schon vom Weitem kann ich Yunus' massige Gestalt hinter der Scheibe ausmachen. Auf einmal bin ich nervös. Ich weiß ja nicht mal, ob Yunus überhaupt Unterstützung sucht. Nur mal angenommen, das ist wirklich der Fall: Warum sollte er ausgerechnet das Mädchen einstellen, das seinen Laden demoliert hat? Das Mädchen, das seine Kichererbsen unter Wert verkaufen wollte? Das dabei war, als er geheult hat wie ein Schlosshund?

Ich bin überzeugt, dass Yunus sein Zusammenbruch peinlich ist – mir wäre so was total peinlich!

Mit jedem Schritt fällt mir ein weiterer Grund ein, warum Yunus mir den Job auf keinen Fall geben sollte. Ich habe die Tür fast erreicht, als mir endgültig klar wird, dass das Ganze eine dumme Idee ist. Eine ganz dumme Idee. Ich werde mir von Yunus eine Abfuhr holen. Diese Abfuhr wird mir so unangenehm sein, dass ich seinen Laden für den Rest meines Lebens nicht mehr betreten kann.

Ich mache auf dem Absatz kehrt. Und auf einmal tue ich das, was ich bis jetzt erfolgreich vermieden habe: Ich gehe spazieren. Mama nervt mich schon die ganze Zeit damit, dass ich unseren »neuen Kiez« erkunden soll. Ich weiß ja nicht mal, was ein Kiez überhaupt sein soll. Wenigstens merke ich eine halbe Stunde später, dass ich dieses Ding namens Kiez verlassen habe. Statt malerischer Altbauten in sanftem Weiß drängen sich hier graue Klötze aneinander, dekoriert mit Satellitenschüsseln. Ich biege zweimal rechts ab, überzeugt davon, dass ich dann wieder am Landwehrkanal bin. Von dort kenne ich den Weg zu unserer Wohnung. Doch dann finde ich mich auf dem Parkplatz eines riesigen Supermarkts wieder. Der zweifellos blitzschnell hochgezogen wurde, denn vorhin war der definitiv noch nicht hier. Okay, ich gebe zu: Ich habe mich verlaufen. Aber total. Bin ich überhaupt noch in Kreuzberg? Als Google Maps nicht lädt, beginne ich, mich unwohl zu fühlen. Bei den Einkaufswagen hängen ein paar Typen in schlabberigen Hoodies ab. Weil ich ihre Gesichter nicht sehe, kann ich nicht anders, als sie mir finster vorzustellen. In einem anderen Leben würde ich die Typen nach dem Weg zum Kanal fragen. Lüge. Auch in einem anderen Leben würde ich das nicht tun. Es sei denn, ich wäre scharf darauf, dass es vorzeitig beendet wird. Außer den Typen ist hier keine Menschenseele. Kaum habe ich das realisiert, fühle ich mich noch unwohler. Was, wenn die Typen alles und jeden hier ausgelöscht haben? Als ich mich gerade so richtig schön grusele, düst hinter mir ein Rettungswagen vorbei. Ich zucke zusammen. Die Typen sehen auf, weil man das halt so macht, wenn man ein Martinshorn hört. (Also selbst in einer Großstadt, in der das zur normalen Geräuschkulisse gehört.) Nur ich habe mich nicht zum Rettungswagen umgedreht. Erstens soll man nicht gaffen. Zweitens sieht man sowieso nie was. Und drittens erscheint es mir wichtiger, die Typen im Blick zu behalten.

Leider merken sie jetzt, dass ich sie anstarre. Sie starren zurück. Und natürlich können sie das viel besser als ich. Scheiße. Mit *Was guckst du?* beginnt hier garantiert jeder Nasenbeinbruch. Am liebsten würde ich wegrennen. Aber mir ist klar, dass ich ganz normal weiterlaufen sollte, so lässig wie möglich an den Typen vorbei. Pitbulls darf man seine Angst ja auch nicht zeigen. Also fixiere ich einen Punkt in weiter Ferne, noch so eine Satellitenschüssel, und setze einen Fuß vor den anderen. Ich bin fast an den Typen vorbei, als mir auf einmal die Luft wegbleibt. Komplett. Die ganz normale Folge eines Schlags in den Unterbauch.

Hier eine Aufzählung einiger Dinge, die nicht passiert sind: Mich hat niemand mit einem Baseballschläger verdroschen. Mir hat niemand einen Einkaufswagen in den Bauch gerammt. Auch wurde mir kein Faustestoß oder Fußtritt verpasst. Nein. Dafür, dass ich mich nun wie verprügelt fühle, bin ich ganz allein selbst verantwortlich: Auf meiner – langsamen, aber entschlossenen – Flucht bin ich beherzt gegen einen dieser rot-weißen Poller gelaufen.

Eine Weile stehe ich einfach nur da, vornübergebeugt, keuchend. An eine Fortsetzung meiner Flucht ist nicht zu denken. Stattdessen ziehe ich ernsthaft in Erwägung, auf den Asphalt zu kotzen. Direkt neben die Typen. Hoffentlich treffe ich keinen ihrer Turnschuhe. Die sehen so gepflegt aus – wie sonst nichts an den Typen.

Der einzige Vorteil ist: Meine Schonhaltung hat etwas von einer Schutzhaltung. Am besten ich bleibe gleich hier unten.

Da passiert das Unglaubliche. Eine warme Hand schiebt sich in meine. Eine andere legt sich auf meinen Rücken.

»Geht's?«, fragt die Stimme, die offenbar zu den Händen gehört. Sie klingt ziemlich sanft. Nicht nach Schläger. Eher nach einem, der weiß, wie man Gedichte schreibt. Oder aus Blumen schöne Sträuße bindet.

Ohne aufzusehen schüttle ich den Kopf. Es geht so was von gar nicht.

»Jungs, kann mal einer den Krankenwagen zurückpfeifen?«, lacht die Stimme.

»Ich kann einen anderen rufen.«

»Dauert höchstens ne Stunde, dann ist er da.«

»Red keinen Müll, bei Klinke neulich ging's auch schnell.«

»Die Sanitöter sind besser als ihr Ruf.«

»Besser als die Öffis.«

»Gute Idee. Wir bringen die mi'm Bus ins Urban.«

Ich verstehe nur die Hälfte. Ach was, weniger als das.

»Meinst du, du musst ins Krankenhaus?« Damit bin wieder ich gemeint. Im gleichen Moment zieht mich die Hand nach oben. Ich sehe auf und die Stimme bekommt ein Gesicht. Und was für eines! Es ist ein Gesicht zum Nie-mehr-woanders-hingucken. An genau den richtigen Stellen ist es kantig – also vor allem am Kinn. Der Mund sieht aber ganz weich und zart aus. Dazu braune, irgendwie interessant geschwungene Augen, halb verdeckt von blonden Strähnen, die aus der Kapuze hängen.

»Krankenhaus?«, fragt er noch einmal. Wieder schüttle ich nur den Kopf. Da lässt der Junge mich viel zu plötzlich los.

»Ich bin –«, setze ich zu einer Erklärung an. »Ich meine, ich hab nicht geguckt, wo ich hinlaufe.«

»Das haben wir gemerkt«, sagt der Junge. Seine Kumpels lachen.

»Du musst immer gucken«, sagt der einzige mit Sonnenbrille. »Gucken ist key. Du begegnest hier jeder

Menge Scheiße.« Mit dem Daumen deutet er auf den Typen neben sich, der ihn sofort in den Schwitzkasten nimmt.

»Im Ernst«, sagt der, der mir hochgeholfen hat. »Gucken ist keine schlechte Idee. Sonst gehst du noch baden. Dahinten ist Wasser.«

Der Junge deutet links am Supermarkt vorbei.

Wasser? Bestimmt meint er den Kanal, den ich schon die ganze Zeit suche. Ich nicke und dann laufe ich so lässig wie möglich los.

Um keine fünf Schritte später in einen Hundehaufen zu treten. Das Gute an der Sache: Ich habe eine Idee für eine neue Grafik. Das Schlechte: der penetrante Geruch. Ich gebe mir alle Mühe, die Schuhe wieder sauber zu kriegen. Denn das müssen sie für das, was ich jetzt vorhabe, schon sein. Ich werde direkt zu Yunus gehen und ihn nach dem Job fragen. Mal ehrlich, was kann schon Schlimmes passieren? Wenn eines klar ist, dann ja wohl das: Für heute habe ich mein Soll an unangenehmen Situationen im Allgemeinen und Peinlichkeiten im Speziellen mehr als erfüllt. Den Supermarkt-Assis sei Dank.

Das Berlinrätsel
Wie viel ein Hund frisst
Wie viel ein Hund kackt

Als ich den Kiosk betrete, nimmt Yunus gerade eine Lieferung an. Drei große Pappkartons versperren den Weg. Auf allen Seiten kleben diese Aufkleber: VORSICHT ZERBRECHLICH. Yunus wartet, bis der Paketbote gegangen ist, dann bugsiert er die Kisten in den hinteren Teil des Ladens.

»Ich glaube, da kann was kaputtgehen«, sage ich.

»Ich glaube, das geht dich nichts an«, murmelt Yunus. Er versetzt der letzten Kiste einen extra Tritt, dann dreht er sich zu mir um.

»Suchst du was?«, fragt er.

»Ja. Einen Job.«

Yunus zieht die Augenbrauen nach oben.

»Hm«, macht er. »Hast du Erfahrungen im Einzelhandel?«

Auf die Frage bin ich vorbereitet.

»Wie man's nimmt«, erwidere ich. »Gestern Nacht habe ich ein paar Stunden in einem Kiosk gearbeitet …«

Yunus' Augen weiten sich. Ich kann fast hören, wie es Klick macht.

»Du bist das Mantelmädchen!«, ruft er. Zwei große Schritte und Yunus ist bei mir. Er schlingt die Arme um mich und drückt mich. Yunus riecht nach Farbstiften, Popcorn und noch irgendetwas. Bevor ich es identifiziert habe, lässt er mich auch schon wieder los. Er dreht sich um, geht zum Tresen und lässt die Kasse aufspringen.

»Wie viele Stunden warst du hier?«, fragt er.

»Ähm … fünf?«

Nickend beginnt Yunus, Zehn-Euro-Scheine abzuzählen. Fünf davon legt er auf den Tresen. Als ich nicht gleich zugreife, verzieht er den Mund.

»Ist mehr als der Mindestlohn.« Das klingt fast beleidigt. »Steck ein!«

Ich trete von einem Bein auf das andere. Mir ist gerade etwas eingefallen, das mir korrekterweise schon gestern hätte einfallen müssen.

»Ich … also, ich hatte eine Tüte Erdnussflips.«

Yunus atmet hörbar aus.

»Eine Tüte Erdnussflips«, wiederholt er langsam.

Ich nicke.

»Mehr nicht?«

Ich schüttle den Kopf.

»Du bist fünf Stunden hier«, sagt Yunus. »Nachts. Und du hast wirklich nur eine bescheuerte Tüte Flips gegessen?«

Mist, denke ich, er glaubt mir nicht. Wenn er mich für eine Lügnerin hält, kann ich den Job wahrscheinlich vergessen.

»So eine Scheiße!«, ruft Yunus. Er haut auf den Tresen und mir wird klar: Ich habe mich geirrt. Ich kann den Job nicht wahrscheinlich vergessen. Ich kann ihn definitiv vergessen.

Doch da verändert sich etwas in Yunus' Gesicht. Es entspannt sich. Mit der Faust tippt er sich zweimal gegen den Mund. Als er wieder spricht, klingt seine Stimme ganz sanft.

»Okay«, sagt Yunus. »Okay. Okay. Kannst du mir sagen, was dir hier fehlt? Ich meine, ich hab sogar Kartoffeln!«

Ich folge seinem Blick und da sehe ich den Sack: Unter einem Regal, neben einem Stapel Seife, liegen bestimmt drei Kilo Kartoffeln. Die hätte ich mir gestern Nacht also reinziehen sollen?

»Nachtschattengewächse sind roh nicht genießbar«, beginne ich vorsichtig. »Die enthalten ein Gift, das –«

Yunus macht ein Geräusch, das dafür sorgt, dass ich meinen ernährungswissenschaftlichen Vortrag abbreche. Ich räuspere mich und versuche es noch einmal anders.

»Ich finde das Angebot hier richtig gut.«

»Im Ernst?«, fragt Yunus. Seine Augen beginnen zu leuchten.

»Ja«, sage ich. »Nur eins könntest du vielleicht noch –«

»Was?«, kommt es prompt. »Was fehlt?«

Ich zucke mit den Schultern.

»Fertigmilchreis.«

»Fertigmilchreis?«

»Ja«, sage ich, »Fertigmilchreis. In so kleinen Bechern. Der ist wichtig.«

Yunus nickt ernst.

»Okay«, sagt er. »Okay, schreib ich mir auf.« Und das tut er wirklich. Er nimmt sich einen kleinen gelben Zettel und einen Bleistift und schreibt *Fertigmilchreis* darauf. Mit drei Ausrufezeichen. Den Zettel klebt er vorne an die Kasse.

»Die Flips gehen auf's Haus«, sagt er dann. »Und den Job kannst du auch haben, Mantelmädchen.«

Einen Moment bin ich sprachlos. Echt, ich kann mein Glück kaum fassen. Nicht so sehr wegen der Erdnussflips. Obwohl das natürlich auch toll ist. Vor allem freue ich mich, weil ich mir selbst einen Job organisiert habe. Und zwar nicht irgendeinen – sondern meinen Traumjob. Ich schwöre bei meinen geliebten Diagrammen, dass ich das nicht ironisch meine. Hier hinter dem Tresen zu stehen, war das Erste, das mir in dieser Stadt zumindest so was Ähnliches wie Spaß gemacht hat. Keine Ahnung, was meine Eltern dazu sagen werden, dass ich in einem Kiosk jobbe. Wobei, eigentlich weiß ich es ganz genau. Die Worte »Potenzial« und »verschleudern« kommen darin vor. Aber das spielt jetzt keine Rolle.

Immer noch ziemlich verdattert gehe ich in Richtung Tür.

»Wann soll ich morgen da sein?«, frage ich.

»Morgen?«, fragt Yunus zurück. »Mantelmädchen, wir legen sofort los!«

Genau das tun wir. Yunus drückt mir einen Cutter in die Hand. Damit schlitze ich die riesigen Kartons auf, einen nach dem anderen. Yunus zieht die erste offene Kiste zu sich, wirft einen Blick hinein und stöhnt. »Die Kiste kannst du gleich wieder zumachen!«, ruft er und wirft mir eine Rolle Klebeband zu. Keine Ahnung, ob es mich als Angestellte etwas angeht. Wahrscheinlich nicht. Aber ich wüsste schon gern, was genau an dieser Lieferung so schrecklich ist.

»Was ist denn drin?«, frage ich zögerlich.

Yunus streicht sich über seine Glatze.

»Lampen«, sagt er. »Lampen und Vasen.«

»Aha«, mache ich.

Yunus seufzt noch einmal. »Mein Vater ist der Meinung, dass ich mein Geschäftsmodell ändern muss. Weg von *Food* – hin zu *Interior Design*.«

»Klingt … ambitioniert«, sage ich.

»Ist auch egal«, beschließt Yunus. »Ich bring die Scheißkisten jetzt zurück zur Post.« Er wirft mir einen Blick zu. »Kommst du alleine klar?«

Ich mache das Daumen-Hoch-Zeichen. Gegen Freitagnacht ist so ein lascher Samstagvormittag garantiert ein Kinderspiel. Außerdem wird Yunus' Ausflug zur Post schon nicht ewig dauern. Doch das stellt sich als Irrtum heraus. Denn Yunus fährt nicht. Er geht zu Fuß zur Post. Dreimal hintereinander. Und jedes Mal trägt er einen der riesigen Kartons vor seinem Bauch. Bei der ersten Kiste schwitzt er. Bei der zweiten flucht er. Bei der dritten befürchte ich, dass er sich jeden Moment in den unglaublichen Hulk verwandelt. Grün und sehr, sehr wütend. Irgendwie entspanne ich mich, als Miri auftaucht. Sie konnte Yunus gestern schon so gut beruhigen. Heute trägt sie zu ihren Stiefeln ein buntes Blümchenkleid. Außerdem hat sie einen großen Armee-Rucksack dabei. Gut gelaunt setzt Miri sich zu mir auf den Tresen und trinkt ihren ersten Ayran. Als der schwitzende und fluchende Yunus zurückkommt, bricht sie in schallendes Gelächter aus. Sie springt vom Tresen und drückt ihm einen Kuss auf die Lippen.

»Was sage ich dir immer?«, fragt sie.

»Kauf dir eine elektrische Zahnbürste?«

»Das auch. Aber das meine ich nicht.« Miri küsst Yunus noch einmal. »Mach endlich deinen Führerschein!«

Yunus löst sich aus ihrer Umarmung.

»Wir leben in einer Großstadt«, brummt er. »Da braucht man kein Auto.«

»Du hast ein Auto!«, ruft Miri.

»Darum geht's doch gar nicht«, wehrt Yunus ab.

»Doch«, beharrt Miri. »Genau darum geht es. Hinten im Hof steht ein perfekter, aber leider ungenutzter Transporter. Und du hast einen Spätkauf. Du brauchst ständig Zeug, das du dir teuer liefern lässt. Das könntest du auch selbst holen.«

»Miri«, sagt Yunus.

»Yunus«, sagt Miri. »Wenn du fahren könntest, wärst du gestern auch schneller bei deinem Vater gewesen.«

Die beiden sehen sich direkt in die Augen.

»Stell dir vor, dass ich die Tür zuknalle!«, murmelt Yunus. Und dann stapft er aus dem Laden.

Miri ist von Yunus' Abgang nicht sonderlich beeindruckt. Sie trinkt ihren Becher leer. Dann zieht sie den Radiostecker.

»Warum hat er die Tür nicht zugeknallt?«, frage ich. »Warum solltest du dir das nur vorstellen?«

»Yunus ist ein Lamm«, sagt Miri. »Der lässt seinen Ärger nur in der Theorie an unschuldigen Gegenständen aus.« Sie macht eine kleine Pause. »Außerdem springt die Tür total schnell aus den Angeln.«

Miri zieht aus ihrem Rucksack einen grasgrünen Ordner.

»Stört es dich, wenn ich hier ein bisschen für die Uni lerne?«, fragt sie. »Meine Mitbewohner sind echt nett, aber Musiker. Eine Katastrophe, wenn man seinen Master in der Regelstudienzeit machen will.«

Ohne auf eine Antwort zu warten, schlägt Miri den Ordner auf und beginnt darin zu lesen. Sie taucht völlig ab. Nach kurzer Zeit ist es, als sei sie gar nicht mehr da.

Also lege ich los. Weil hier vermutlich noch nie jemand Inventur gemacht hat, fange ich damit an. Es liegt mir, Dinge zu ordnen, zu zählen, zu notieren. Das konnte ich schon immer gut, für Überblick sorgen, mir ein System für irgendetwas überlegen. Ich bin gerade mit den Senfgläsern durch (acht Stück), als ich merke, dass Miri mich beobachtet. Wahrscheinlich schon eine ganze Weile.

»Geht das hier in Ordnung?«, frage ich. Auf einmal bin ich unsicher. Ich weiß nicht, wie Yunus zu Eigeninitiative steht. Allerdings habe ich ja keine neue Preisaktion gestartet.

»Alles ist in Ordnung«, sagt Miri grinsend. »Solange du die Finger von seinem geliebten Radio lässt. Aber das Problem habe ich ja schon gelöst.«

Ich muss lachen. Miri scheint das Interesse an ihrem Ordner verloren zu haben. Ob das ein geeigneter Moment ist, um mehr über Yunus zu erfahren? Mich würde zum Beispiel echt interessieren, was es mit seinem Vater auf sich hat.

»Yunus' Papa –«, beginne ich zögerlich.

»Ist im Urban-Krankenhaus«, beendet Miri meinen Satz. »Seit gestern Abend. Irgendeine Sache mit dem Herz. Es war wohl richtig knapp.«

»Richtig knapp?«

»Ich glaube, sein Herz hat zu schnell geschlagen«, sagt Miri. »Oder zu unregelmäßig? Keine Ahnung, auf jeden Fall mussten sie ihm Elektroschocks verpassen. Sonst wäre er gestorben.«

Das klingt nach Kammerflimmern. Dabei pumpt das Herz nicht mehr richtig, es zuckt nur noch. In so einem Fall muss es wirklich schnell gehen. Auf einmal ergibt alles Sinn. Warum Yunus so dringend wegmusste. Warum er mir, einer Wildfremden, seinen Laden anvertraut hat. Warum er so neben der Spur war. Und warum er schließlich in Tränen ausgebrochen ist.

»Yunus kommt mit seinem Vater nicht besonders gut klar. Hat mit der Trennung seiner Eltern zu tun«, sagt Miri und seufzt. »Ich glaube, er ist geschockt, dass das Leben so schnell vorbei sein kann. Beinahe hätte er die Chance verpasst, sich noch mit seinem Vater zu versöhnen.«

»Haben sie das denn jetzt getan?«, frage ich. »Sich versöhnt, meine ich?«

Miri zuckt nur mit den Schultern.

Zwei Tage später übernehme ich die Nachmittagsschicht, damit Yunus einkaufen gehen kann. Als ich in den Laden komme, sitzt Miri schon wieder vor ihrem Ordner. Mittlerweile weiß ich auch, was sie studiert: Englisch und Erdkunde auf Lehramt. Ich bin etwas enttäuscht. Irgendwie hatte ich Aufregenderes erwartet. Sinologie oder Gender Studies. Andererseits würde ich mir eine Lehrerin wie Miri wirklich wünschen.

Auf jeden Fall ist sie nur zum Lernen hier; ich bin für die Kunden zuständig. Allerdings bringt sie später die Tageseinnahmen zur Bank. Dafür liegt unter dem Tresen ein fettes Portemonnaie mit Schnappverschluss.

Ich will gerade weitermachen mit meiner Inventur, als eine Frau den Kiosk betritt. Ihr Haar schillert in mindestens fünf Lilatönen, dazu trägt sie eine weiße Bluse und einen Bleistiftrock. Von den Haaren einmal abgesehen, könnte die Frau Bankfilialleiterin sein.

»Haben Sie Kaffeesahne?«

»Beim Zwieback«, sage ich, ziemlich stolz darauf, eine Antwort geben zu können.

»Zwieback«, wiederholt die Frau. »Gute Idee! Der lässt sich so schön tunken.« Sie stellt eine Packung auf den Tresen. Daneben die Kaffeesahne, einen Schwung Batterien, ein Feuerzeug in Rennauto-Form, Taschentücher und Kaugummis. Was ihr auf dem Weg zur Kaffeesahne eben begegnet ist.

Langsam habe ich den Verdacht, dass die Unordnung hier im Kiosk doch nicht so blöd ist. Fast alle Leute kaufen mehr als geplant.

Die nächsten Kundinnen sind zwei Mädchen, etwas jünger als ich. Sie sind angezogen wie Zwillinge – ein klares Indiz dafür, dass sie genau das nicht sind. Wahrscheinlich sind sie nicht mal verwandt, sondern beste Freundinnen seit dem Kindergarten.

Irgendwie habe ich das Gefühl, dass die beiden mich komisch finden.

»Warum guckst du denn so?«, fragt die eine so laut, dass ich erschrecke. Sogar Miri sieht kurz auf. »Wir klauen schon nix.«

»Hab ich auch nicht gedacht«, murmle ich. Ich kann spüren, wie meine Wangen rot werden. Kichernd verschwinden die beiden Mädchen hinter dem Chipsregal. Keine Ahnung, was sie da machen – hinterherlaufen kann ich auf keinen Fall. Eine gefühlte Ewigkeit später gehen die beiden schließlich wieder zur Tür. Keine Ahnung, ob sie wirklich nichts geklaut haben. Auf jeden Fall kaufen sie nichts. Als sie den Laden verlassen, kommt dieser Junge rein. Für einen kurzen Moment ist der Türrahmen zu schmal. Drei Menschen drängen sich aneinander vorbei und dabei fangen zwei sofort wieder an zu kichern.

Daraus kombiniere ich, dass der Junge entweder ein ernstes Problem hat – heftige Akne, ein zugewachsenes Nasenloch – oder aber äußerst attraktiv ist. Erkennen kann ich das auf die Entfernung nicht, zumal er sich die Kapuze seines Pullis über den Kopf gezogen hat. Was man in dieser Stadt offensichtlich auch im Sommer macht.

Blonde Strähnen sind das Erste, was ich von dem Jungen sehe. Ich gucke einen Moment zu lange hin. Prompt bemerkt das ein falscher Zwilling und grinst.

Zum Glück kriegt der Junge nichts mit. Wahrscheinlich hört er gerade Musik; über seinen Pulli schlängelt sich ein weißes Kabel. Überhaupt scheint er sich in seiner eigenen Welt zu befinden. Eine Welt, in der es keine kichernden Mädchen gibt. Auch keine starrende Kioskverkäuferin. Sondern nur ihn – und die Weingummiboxen. Zielgerichtet steuert er darauf zu. Der Junge greift sich Plastiktütchen und Zange – wie es sich gehört – und dann ist er vollauf damit beschäftigt, Süßigkeiten auszuwählen. Weil die seltsamen Mädchen endlich verschwunden sind und ich sowieso nichts Besseres zu tun habe, sehe ich ihm dabei zu. Ich weiß auch nicht, was mich so an dem Jungen interessiert. Jedenfalls stelle ich fest, dass er einen schönen Rücken hat. Denn so was kann man trotz Klamotten sehen. Wenn es sich um einen ausgesprochen schönen Rücken handelt.

Da schnalzt der Junge mit der Zunge. Er hebt den Kopf und unsere Blicke treffen sich. In einem von Yunus' blöden Spiegeln. Verdammt! Jetzt hat er mich doch beim Starren ertappt. Amüsiert zieht der Junge eine Augenbraue hoch. In dem Augenblick setzt sich etwas in mir in Bewegung. Mein Blut fließt schneller, mein Hirn rattert. Den Typen kenne ich! Aber bevor ich darauf komme, hat er den Blick schon wieder abgewandt. Offenbar sind die Weingummis doch interessanter. Und wohin soll ich jetzt gucken? Zu den Bahnhofsuhren, zur Ladentür? Alles kommt mir unnatürlich vor. Auf der Suche nach einem Landeplatz bleibt mein Blick an Miri und ihrem Ordner hängen.

»Atmen nicht vergessen«, murmelt sie.

Atmen. Eigentlich keine schlechte Idee. Also tue genau das. Ich atme ein und ich atme aus – etwas anderes gibt es in dem Moment nicht zu tun. Es spielt keine Rolle mehr, wohin ich blicke. Dabei entspanne ich mich einigermaßen – bis der Junge plötzlich vor mir steht und ich mich aus allernächster Nähe überzeugen kann: Er hat kein zugewachsenes Nasenloch, auch keine heftige Akne. Da sind nur drei kleine Pickel auf seiner Stirn. (Und die sind fast schon süß.)

»Zehn Stück«, sagt der Junge. Mein Blick wandert runter, zu dem Tütchen in seiner Hand. Ich kann kaum

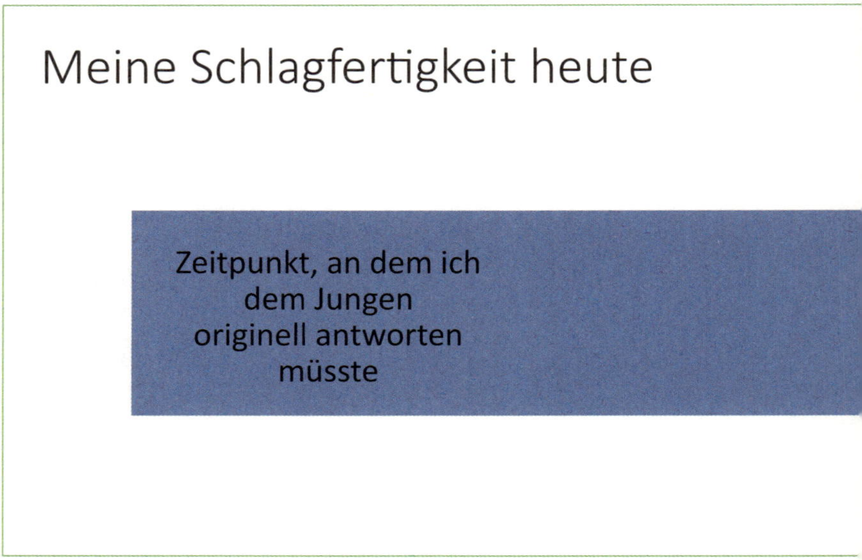

glauben, was er da so mühevoll einsortiert hat: saure Gurken. Und alle sind grün! Die Sache ist doch die: Es gibt geschätzt tausend Sorten Weingummis. Davon sind 998 Sorten lecker. Colafläschchen und Kirschen haben es mir besonders angetan. Aber saure Gurken! Und dann auch noch grüne! Die sind ganz weit abgeschlagen. (Noch hinter diesen Fröschen mit dem weißen Wabbelbauch.)

»Willst du nachzählen?«, fragt der Junge. Herausfordernd stützt er sich auf dem Tresen ab. »Yunus zählt immer nach.«

Kurz, ganz kurz nur, sehe ich dem Jungen direkt in die Augen. Und da weiß ich auf einmal, woher ich ihn kenne. Es ist der Junge vom Supermarktparkplatz. Der mit der warmen Hand. Der Junge, der mich ins Krankenhaus gebracht hätte. Der mir den Weg zum Kanal

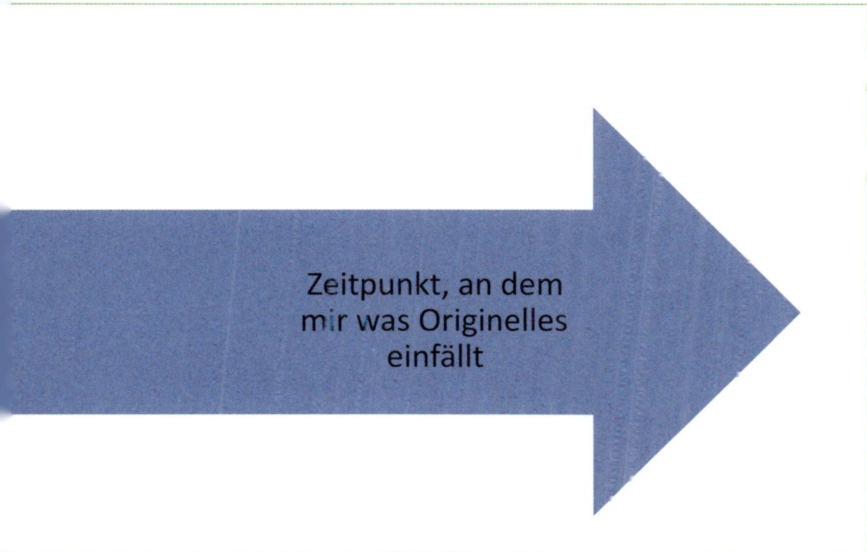

gezeigt hat. Und mich davor gewarnt hat, baden zu gehen … (Erkennt er mich auch? Wahrscheinlich nicht.)

Meine Gedanken überschlagen sich. Auch mein Herz legt deutlich an Tempo zu. Garantiert komme ich auf mehr als 100 Schläge pro Minute. Schon klar, das ist noch nicht mal Kammerflattern – alarmiert bin ich trotzdem.

»Ich bin nicht Yunus«, bringe ich heraus. Dann tippe ich einen Euro in die Kasse. Denn zehn Gummigurken à zehn Cent ergeben genau das. Trotz Herzrasen kann ich noch rechnen. Im Zeitlupentempo kramt der Junge eine Münze hervor und schiebt sie über den Tresen zu mir.

»Der Rest ist für dich«, sagt er mit dieser sanften Stimme. Aber mir ist gleich klar, dass hier irgendetwas nicht stimmt: Ich sehe von der Münze zur Kassenanzeige und wieder zur Münze. Hier wie da: ein Euro.

»Es gibt keinen Rest«, will ich sagen. Doch da ist der Junge längst wieder auf dem Weg nach draußen. Verdattert sehe ich ihm hinterher. Und ich wünsche ihn mir zurück.

»Atmen«, murmelt Miri. Das tue ich – obwohl das jetzt auch nichts mehr bringt. So ein Mist! Ich hatte fest vor, diese Stadt und alles, was zu ihr gehört, blöd zu finden. Die Häuser, die Straßen, die Sehenswürdigkeiten – und vor allem die Bewohner. Unzählige Diagramme habe ich zu dem Thema angefertigt. Und jetzt sieht es ganz so aus, als wäre das Blödfinden doch gar nicht so einfach …

Seit ich Daniel kenne, gibt es zwischen uns diese Abmachung: Er erzählt mir alles, was in seinem Liebesleben passiert, und ich erzähle ihm alles, was in meinem Liebesleben nicht passiert. Ein fairer Deal, fand ich bisher immer.

Doch wenn es nach mir geht, darf sich das jetzt langsam ändern. Ich will meinem besten Freund endlich auch mal von heißen Küssen in ausgedienten Telefonzellen berichten – oder meinetwegen auch nur vom Händchenhalten im Park. Im Idealfall handelt es sich dabei um eine ganz bestimmte Hand. Eine, die ich schon fühlen durfte – wenn auch nur kurz.

Auf dem Weg vom Kiosk zu unserer Wohnung wähle ich Daniels Nummer. In manchen Situationen sind getippte Nachrichten einfach nicht ausreichend. (Beim Schlussmachen, zum Beispiel. Oder um seinem besten Freund mitzuteilen, dass man eben einen wirklich tollen Typen kennengelernt hat.)

»Du hast dich verliebt?«, keucht Daniel ins Handy. Ich habe ihn beim Laufen erwischt. Das macht er seit einem Jahr: Da hat er den Romeo gespielt – samt einer Halbnackt-Szene, die der Verfasser bestimmt nicht vorgesehen hatte, laut Theater-AG-Leiterin aber von tragender Bedeutung war. Jedenfalls war das der Moment, in dem Daniel anfing, Gewichte zu stemmen und laufen zu gehen.

(Natürlich hatte er sofort ein passendes James-Dean-Zitat parat: »Rennen ist die einzige Sache, bei der ich mich vollständig fühle.«)

»Ich hab mich nicht verliebt!«, rufe ich. »Ich hab mich verguckt.« Der Unterschied ist wichtig.

»Schon klar«, sagt Daniel. Er scheint jetzt in normalem Tempo zu laufen. Zumindest ist er nicht mehr außer Atem. »Und wie heißt er, dein Zukünftiger? Oder … Lotte, ist er etwa schon dein Jetziger?«

»Nee«, sage ich schnell. »Er ist gar nichts. Bestimmt wird er auch nichts. Und wie er heißt, weiß ich auch nicht.«

»Er hat sich nicht vorgestellt?«, ruft Daniel übertrieben empört. »Keine Manieren, diese Berliner Jungs!«

»Ich finde, er sieht aus wie ein Vincent«, sage ich.

»Hmm.« Daniel scheint darüber nachzudenken. »Klingt nach blauem Blut.«

»Und grünen Gurken.«

»Lotte, ich verstehe kein Wort«, sagt Daniel. »Aber grüne Gurken, das gefällt mir. Super Pleonasmus.«

»Pleowas?«, frage ich.

»Pleonasmus«, wiederholt Daniel. »Ist so ein Stilmittel. In dem Stück, das wir gerade proben, kommen die ständig vor. Du weißt schon: Runde Kugel. Weißer Schnee. Tote Leiche. Grüne Gurke.«

»Da, wo ich arbeite, gibt es auch rote Gurken«, sage ich. »Und gelbe.«

Einen Moment lang ist Stille. Dann bittet mich Daniel, mal eben auf FaceTime zu wechseln.

»Warum denn das?«, frage ich.

»Ich will mich vergewissern, dass es dir gut geht. Und dass ich wirklich mit dir spreche«, erklärt Daniel. »Und nicht mit einer höllisch guten Stimmenimitatorin, die behauptet, du hättest einen Job!«

Ich muss lachen.

»Du bist ein Idiot. Warum sollte ich keinen Job haben? Und mir geht's prima. Ich hab mich schließlich gerade verguckt!«

»In Vincent von Grüne Gurken«, sagt Daniel.

»In genau den.«

»Na, wenn du meinst«, murmelt Daniel. »Aber kannst du mir bitte eins versprechen? Falls es zur Eheschließung kommt, behalte deinen Namen. Adelstitel werden überbewertet. Pleonasmus hin oder her. Außerdem ist es albern, dass die meisten Frauen immer noch die Namen ihrer Männer annehmen!«

Ja, mein bester Freund ist ein richtiger Feminist. Aber nicht nur deshalb habe ich ihn so lieb.

Als Mama, Papa und ich vereint am Abendbrottisch sitzen – es gibt wieder mal nur Brot und Käse –, berichte ich von meinem Kiosk-Job. Wie erwartet, sind meine Eltern nicht gerade begeistert. Was noch eine Untertreibung ist. Vor allem mein Vater wirkt eher schockiert.

»Du wirst in einem Kiosk arbeiten?«, fragt er. Das Wort »Kiosk« klingt aus seinem Mund wie »Knast«.

»Ich werde da nicht arbeiten«, sage ich. »Ich arbeite da schon. Präsens.«

Mama braucht einen Moment. Dann tut sie wenigstens so, als würde sie sich freuen.

»Ist doch toll«, sagt sie und spießt eine Tomate auf. »Das ist angewandte BWL!«

Papa verzieht den Mund, aber es kommen keine Einwände mehr. Da hat er es doch glatt verdient, dass ich mir nach dem Essen eine von seinen Gehirntraining-Apps herunterlade.

Die App besteht aus mehreren Spielen; man muss sich zum Beispiel den kürzesten Weg durch ein Labyrinth merken oder Wörter vervollständigen. Eigentlich gar nicht mal so übel – abgesehen von diesem Warnton. Der setzt superlaut ein, sobald ich mich vertue. Jedes Mal blickt Papa auf. Dann nickt er mir enthusiastisch zu wie ein Coach. Das nervt gewaltig. Irgendwann verziehe ich mich in mein Zimmer. Ich schleudere mein Handy aufs Bett und sehe aus dem Fenster. Die fünf Buchstaben von Yunus' Kiosk leuchten durch die Dämmerung. Zum ersten Mal bemerke ich über dem A zwei erloschene Punkte. Eigentlich ist es ein Ä. Mir fällt es wie Schuppen von den Augen: Es heißt Späti! Logisch! Die Abkürzung von Spätkauf. So sehr ich mich über meine Erkenntnis auch freue: Den Gedanken, dass ich sie allein Papas blöder Hirn-App zu verdanken habe, werde ich einfach nicht los.

Am nächsten Tag schlurfe ich gleich nach dem Aufwachen rüber in den Kiosk. Nicht, um zu arbeiten, sondern weil ich meine Eltern zum Frühstück mit frischen Sesamringen überraschen möchte. Außerdem will ich Yunus ein bisschen ausquetschen. Ich wüsste zum Beispiel gern, wie Vincent von Grüne Gurken wirklich heißt. So ein Pseudonym ist doch keine Arbeitsgrundlage! Als ich in den Laden komme, diskutiert Yunus gerade mit einer Kaffeemaschine, die ich hier noch nie gesehen habe. Es ist ein schickes, silbernes Ungetüm mit Milchaufschäumer.

»Wow«, mache ich. »Gibt's jetzt auch Kaffee?«

»Und Espresso und Latte Macchiato und Cappuccino«, sagt Yunus. »Willst du einen?«

Ich bin mir nicht sicher, welches Getränk Yunus meint – aber Koffein ist nie verkehrt, egal in welcher Variante. Ich nicke. Entschlossen wirft Yunus sich ein Geschirrtuch über die Schulter und wendet sich wieder der Maschine zu.

»Denk dran, was wir abgemacht haben«, murmelt er. Eine Weile schwebt Yunus' Zeigefinger drohend in der Luft, dann drückt er plötzlich einen Knopf. Rauschend füllt sich eine große, weiße Tasse mit tiefschwarzer Plörre.

»Für die Mitarbeiterin des Monats«, sagt Yunus stolz und drückt mir die Tasse in die Hand. Ich muss lachen;

soweit ich weiß, bin ich hier die einzige Mitarbeiterin. Trotzdem fühle ich mich geschmeichelt.

»Lief gestern bei deiner Schicht alles gut?«, fragt Yunus, als er die Sesamringe einpackt.

»Klar.«

»Keine besonderen Vorkommnisse?«, hakt Yunus nach. »Kein Überfall oder Diebstahl? Keine Wechselgeldtrickserei?«

»Nicht, dass ich mich erinnern könnte«, sage ich und nehme einen Schluck Kaffee. Mann, ist der stark.

Yunus drückt mir die Tüte in die Hand.

»Dann hat also auch niemand versucht, dein Herz zu stehlen?«, fragt er. Sofort schießt mir das Blut in die Wangen. Yunus mustert mich neugierig. Das Ganze ist mir total peinlich. Ich wollte Yunus unauffällig nach Vincent von Grüne Gurken fragen. Unauffällig! Das kann ich jetzt komplett vergessen.

»Miri hätte ihre Klappe halten sollen«, murmle ich.

Yunus lacht.

»Miri hält nie ihre Klappe«, sagt er. »Wirklich nie.«

Wenn ich es mir genau überlege, hat es einen entscheidenden Vorteil, dass Yunus Bescheid weiß: Es gibt kein Geheimnis mehr! Deshalb kann ich ihn ganz unbefangen löchern.

»Sag mal, wer war das eigentlich?«, frage ich.

»Wer war was?«, fragt Yunus zurück. Ich kann es nicht fassen! Er will wirklich, dass ich es ausspreche.

»Na, der Junge gestern«, sage ich.

»Der, der dein Herz gestohlen hat?«

»Der, der nur grüne Gummigurken gekauft hat.«

Statt eine Antwort zu geben, widmet Yunus sich wieder seiner Kaffeemaschine. Als er das alte Pulver aus dem Siebträger herausklopft, macht er so viel Krach, dass ich befürchte, er könnte meine Eltern wecken – im Haus gegenüber.

»Ähm, Yunus?«

»Hmm?«

»Verrätst du mir jetzt bitte, wer der Junge war?«

Seufzend dreht Yunus sich um. In seinem Gesicht hat sich irgendetwas verändert. Das sehe ich, obwohl er meinem Blick ausweicht.

»Keine Ahnung«, murmelt er. »Hier kommen ständig irgendwelche Jungs rein.«

»Und kaufen grüne Gummigurken?«

»Und kaufen alles Mögliche!«, sagt Yunus. »Grüne Gummigurken, gelbe Bananen, was weiß ich.«

»Noch ein Pleonasmus«, murmle ich.

»Was?«

»Gelbe Bananen«, sage ich und zucke mit den Schultern. »Das ist ein Pleonasmus. Ein rhetorisches Stilmittel.«

Yunus betrachtet mich, als hätte er mich noch nie zuvor gesehen.

»Ein rhetorisches Stilmittel … Gehörst du zu den Klugscheißern, Mantelmädchen?«, fragt er.

»Ich heiße Lotte«, sage ich. »Und meinen Eltern scheiße ich leider nicht klug genug.«

Yunus winkt ab.

»Eltern ist selten was genug«, sagt er. »Meine Mutter findet mich zu klein. Dabei bin ich 1,92! Das sind fast zwei Meter! Und mein Vater will, dass ich den Leuten hier Lampen andrehe. Bin ich ein verdammter Innenarchitekt, oder was?«

Yunus atmet tief durch.

»Apropos«, sagt er, »solltest du deinen Eltern nicht langsam mal die Simits bringen?«

Ich kapiere nicht gleich, dass er die Sesamringe meint. Trotzdem trotte ich langsam zur Tür. Ein höflicher Rausschmiss ist trotzdem noch ein Rausschmiss. Ich bin schon fast draußen, als mir noch etwas einfällt.

»Er wusste, wie du heißt«, sage ich.

»Bist du immer noch da?«, fragt Yunus.

»Der Junge«, beharre ich. »Er wusste, wie du heißt!«

Yunus seufzt.

»Mantelmädchen, halb Berlin weiß, wie ich heiße.«

Ich bin mir ziemlich sicher, dass das eine Übertreibung ist. Selbst für einen Typen wie Yunus. Aber ich geh nicht darauf ein. Bloß nicht ablenken lassen.

»Er ist Stammkunde«, sage ich. »*Yunus zählt immer nach*, hat er gesagt.«

Yunus fasst sich mit beiden Händen an den Kopf. »Du bist unmöglich«, stellt er fest.

»Danke.«

»Nix Danke«, brummt Yunus. »Der Typ, der es dir angetan hat? Der macht dich unglücklich. Glaub mir, ich kenn mich da aus.«

Yunus sieht mir direkt in die Augen. »Lotte, der bricht dir das Herz«, sagt er.

Mir wird mulmig. Bestimmt hat es damit zu tun, dass Yunus zum ersten Mal meinen Namen benutzt.

Das ist irgendwie bedeutungsvoll. Es dauert nur einen Moment, dann fange ich mich wieder.

»Was meinst du, wie viele Knochen ich mir schon gebrochen habe?«, frage ich. »Sieben! Sieben Knochen in 14 Jahren. Da macht mir doch so ein Muskel nichts aus.«

Yunus sieht mich irritiert an. Ich deute auf meine Brust.

»Das Herz ist ein Muskel«, erkläre ich. »Muskeln kann man sich höchstens zerren.« (Möglich, dass meine Medizin-Mutter widersprechen würde. Aber es klingt einfach gut.)

Yunus zieht die Augenbrauen zusammen. Ich glaube, er will etwas sagen. Aber ich bin noch nicht fertig.

»Außerdem kann ich ein bisschen Aufregung in meinem Leben gut gebrauchen«, sage ich. »Nicht persönlich gemeint, aber sonst würde ich meine freie Zeit wohl kaum in einem Kiosk verbringen und mit mittelalten Leuten abhängen.«

»Mittelalt«, wiederholt Yunus. Er zieht seine Augenbrauen noch ein bisschen mehr zusammen. Jetzt treffen sie sich über seiner Nase. Ich kann beinahe sehen, wie er seine Meinung ändert.

»Wie der Junge heißt, weiß ich nicht«, sagt Yunus. »Aber er ist Stammkunde, das stimmt schon. Er kommt jeden Montag, gegen halb vier. Kauft immer Weingummis. Sonst nichts. Dabei hab ich ihn schon gefragt, was ihm hier fehlt.«

Yunus schweift mal wieder ab zu seinem Lieblingsthema. Doch das macht nichts: Ich habe alle Informationen, die ich brauche. Am liebsten würde ich Yunus um den Hals fallen.

»Darf ich die Schicht nächsten Montag haben?«, frage ich.

Yunus zuckt mit den Schultern.

»Du kommst doch sowieso, wann du willst«, murmelt er.

»Danke«, sage ich. »Wir werden unseren Erstgeborenen nach dir benennen. Versprochen.«

Das Letzte, was ich von Yunus sehe, ist ein verdammt erschrockenes Gesicht.

Den Rest der Woche verbringe ich damit, Pläne zu schmieden und zu verwerfen.

Jeder einzelne Plan zielt darauf ab, Vincent von Grüne Gurken am Montag in ein Gespräch zu verwickeln. Dabei soll ihm klar werden, wie fantastisch ich bin und wie sinnlos ein weiteres Leben ohne mich wäre. Da ich davon überzeugt bin, dass der richtige Gesprächseinstieg entscheidend ist, frage ich Daniel um Rat. Doch der versucht, mir zu verklickern, dass ich seine Hilfe gar nicht brauche.

»Es ist eigentlich total egal, was du zu ihm sagst«, meint er. »Solange es kein locker-flockiges *Hallöchen* ist. Locker-flockige Hallöchen gehen gar nicht.« Daniel macht eine kleine Pause. »Am besten, du bist einfach du selbst.«

»Im Ernst?«, frage ich ungläubig. »Das ist deine Empfehlung?«

»Nein, natürlich nicht.« Das kam schnell. »Lotte, du kannst alles sein. Außer du selbst. Sonst kannst du die Sache mit diesem Vincent gleich vergessen.«

»Sehr schmeichelhaft.«

»Versteh mich nicht falsch. Ich liebe dich, Lotte. Du weißt, dass ich dich liebe. Also, in einem durch und durch platonischen Sinne. Nicht, dass du dich gleich in den nächsten Zug zu mir setzt.«

»Daniel!«, rufe ich. »Komm auf den Punkt.«

»Der Punkt ist«, sagt Daniel brav. »Niemand gibt sich so, wie er wirklich ist, wenn er jemanden beeindrucken will. Wirklich absolut niemand.«

»Auch du nicht?«

»Ich erst recht nicht! Weil das von der anderen Person immer mit eingerechnet wird. Dein Gegenüber geht automatisch davon aus, dass du nicht ganz so toll bist, wie du dich gibst. Das ist wie im Lebenslauf. Wenn da steht *fließende Englischkenntnisse,* bedeutet das eigentlich nur, dass man weiß, dass ein ›th‹ kein ›s‹ ist.«

»Klingt kompliziert«, murmle ich.
»Tja, die Liebe ist eben kein Ponyhof«, sagt Daniel.
»Nichts ist ein Ponyhof!«, rufe ich.
»Außer ein Ponyhof.«

Und das ist das Ende unseres Gesprächs. Mittlerweile bin ich in unserer Wohnung angekommen. In meinem Zimmer lege ich mein Handy einigermaßen genervt zur Seite. Mein Blick fällt auf diese Karte von Tante Grete. *Nur das Genie beherrscht das Chaos.* Auf einmal weiß ich, was ich am Montag zu Vincent sagen werde. Gar nichts. Ich werde still sein. Still und mysteriös. Stattdessen lasse ich meine Handlungen für mich sprechen.

Nur mal angenommen, Yunus' Kiosk wäre ein Ponyhof. Also eine wunderbare, rosarote und wolkenweiche Welt. Dann würden natürlich keine Kichererbsen-Dosen mehr ablaufen. Oder Regale mit Kichererbsen darin umgestoßen werden. Vor allem aber würden die Kunden den Laden mit einem Lächeln auf den Lippen betreten und ihn noch beschwingter wieder verlassen. Denn der Einkauf bei uns wäre unglaublich leicht. Anstatt sich in dem Chaos aus Nuss-Schokolade, Bier und Kaugummis zu verlieren, stünde für jeden Stammkunden genau das Richtige auf dem Tresen bereit. Da würde doch auch der letzte Kunde sofort kapieren, wie durch und durch fantastisch der Mensch hinter dem Tresen ist. (Also: ich.)

»Ich fasse mal zusammen«, sagt Miri und nimmt einen Schluck Ayran. »Du willst einen Typen beeindrucken, indem du ihm seinen Kram zusammensuchst?«

»Genau«, sage ich. »Bevor er kommt, packe ich zehn grüne Gummigurken ein. Die braucht er dann nur noch mitzunehmen.«

Miri rückt das rote Bandana-Tuch zurecht, das sie um ihren Kopf gebunden hat.

»Problematisch«, meint Miri. »Wenn nicht sogar komplett bescheuert.«

Ich bin so perplex, dass ich nicht weiß, was ich sagen soll. Denn ich finde meine Idee gut. Und zwar so richtig.

»Dann merkt er, wie aufmerksam ich bin.«

»Pfff«, macht Miri. »Aufmerksam. Zeig ihm lieber, wie witzig du bist. Oder clever. Das bist du nämlich! Im Ernst, wenn du ihm jetzt schon sein Zeug zusammensuchst, wie soll es dann erst sein, wenn ihr zusammen seid? Suchst du ihm dann auch die Lieblingsunterhöschen aus der Wäsche? Besser, er gewöhnt sich gar nicht erst daran.«

Ich bekomme rote Wangen. Weil ich auf einmal Vincent von Grüne Gurken in Unterwäsche vor mir sehe. (Schwarze Boxershorts, schmal geschnitten.) Außerdem findet Miri es offenbar nicht unrealistisch, dass ich mit Vincent von Grüne Gurken zusammenkomme. Wahnsinn! Mir fällt es schwer, an etwas anderes zu denken.

Miri hält mir einen Vortrag, von dem ich nur Ausschnitte mitbekomme. »Frauen haben Männer viel zu lang bedient« und »Willst du keine Beziehung auf Augenhöhe?«

Ich glaube, irgendwas ist da nicht richtig rübergekommen. »Mir ging es vor allem darum, dass ich ihm auffalle«, versuche ich eine Erklärung.

»Aber dafür brauchst du ihm doch nicht die Weingummis rauszusuchen«, ruft Miri. »Erstens ist das eine Scheißarbeit, weil die immer zusammenkleben. Und zweitens erfährt der Typ dabei doch gar nichts über dich.«

Zugegeben, mit diesen Punkten hat Miri recht.

»Okay«, sage ich. »Hast du eine bessere Idee, wie ich ihn auf meine Existenz aufmerksam machen kann?«

Miri sieht mich ungläubig an.

»Eine?«, fragt sie. »Tausende!«

Sie macht eine kleine Pause.

»Du könntest, während er im Laden ist, ein Regal deiner Wahl umwerfen.«

Ich verziehe den Mund zu einem schiefen Grinsen. Dann würde Vincent von Grüne Gurken sofort merken, wie ungeschickt ich bin. Diesen Teil meiner Persönlichkeit wollte ich gern verstecken. Miri klappt ihren Ordner zu.

»Ich muss heute früher los«, sagt sie. »Kommst du klar?«

Das fragt Miri immer. Obwohl ich die Arbeit hier ja ganz alleine mache. Von Miris Gang zur Bank einmal abgesehen. Aber das ist auch in Ordnung, schließlich kriege ich die zehn Euro pro Stunde.

»Hab alles im Griff«, sage ich. »Musst du zur Uni?«

Für einen Moment ist Miri unter dem Tresen verschwunden. Als sie wieder auftaucht, ist das Tuch auf ihrem Kopf verrutscht. Jetzt sieht sie erst recht aus wie eine Piratin.

»Keine Uni«, sagt Miri knapp. »Ich geh zur Fahrschule. Yunus anmelden. Sonst wird das nie was.« Sie stopft ihr Zeug in den Rucksack, nimmt ihren Motorradhelm und geht zur Tür. »Versprichst du mir, dass du in der Zwischenzeit deine Finger von den gelben Gurken lässt?«

Ich nicke ernst und halte zwei Finger in die Luft. Denn *das* kann ich sogar schwören. Im Ernst, wen interessieren schon die gelben Dinger? Zufrieden springt Miri aus dem Laden.

Als ich ihren leeren Becher in den Müll werfe, kommt mir ein Gedanke. Ist das, was Miri tut, nicht vergleichbar mit dem, was ich vorhabe? Sie meldet Yunus in der Fahrschule an. Was er genauso gut selbst tun könnte! Jetzt bin ich von meiner Idee wieder restlos überzeugt. Bewaffnet mit einer Zange stelle ich mich vor die Weingummiboxen und packe grüne Gurken in ein Tütchen. Zehn Stück. Und dann, ich weiß auch nicht, wie, rutscht auf einmal dieses rosa Marshmallow-Herz dazu.

Kaum habe ich das Tütchen verschlossen, melden sich schon die ersten Zweifel. Ist das Herz nicht etwas too much? (Klar ist es das. Much too much.) Weil das Ganze dringend einer objektiven Einschätzung bedarf, rufe ich Daniel an. Allerdings scheint mein bester Freund etwas voreingenommen zu sein.

»Lotte«, ruft er. »Jetzt hab bloß keine Angst vor deiner eigenen Courage! Das Herz ist super. Lass es in der Tüte und leg die auf das Regal hinter dem Tresen.«

»Wir haben kein Regal hinter dem Tresen.«

Daniel schnalzt mit der Zunge.

»Das ist natürlich ein ernsthaftes Problem.«

Ich muss lachen.

»Wie wäre die Schublade am Tresen?«

»Die geht auch.«

»Moment …«, murmle ich, ziehe die Schublade auf und verstaue das Tütchen darin.

»Fertig?«, fragt Daniel.

»Fertig«, verkünde ich.

»Gut. Dann rühr die Schublade nicht mehr an. Bis am Montag Valentin von Grüne Gurken vor dir steht.«

»Vincent«, sage ich. »Vincent von Grüne Gurken.«

»Wahrscheinlich hat er in Wirklichkeit einen ganz schrecklichen Namen«, gibt Daniel zu bedenken.

»Ich nehme ihn tatsächlich auch, wenn er Ludbert-Blue heißt.«

Die Sache ist die: Ich will endlich einen Freund. Davon kann mich auch der bescheuertste Name der Welt nicht abbringen. Ein größeres Problem sehe ich eher in der Tatsache, dass dazu bekanntermaßen zwei gehören. Es reicht nicht, dass ich einen Typen toll finde. Der muss mich schon auch toll finden.

Das will ich Daniel gerade erklären, als ein alter Mann den Kiosk betritt. Er ist bestimmt schon 80, trägt eine braune Strickweste und blinzelt durch die Gläser einer winzig kleinen goldenen Brille. Es ist klar, dass er zu denen gehört, die meine Hilfe brauchen. Ich verabschiede mich von Daniel und will den Mann gerade fragen, was er sucht, als er mir zuvorkommt.

»Haben Sie keine Lampen?«

»Sie ... äh, Sie wollen eine Lampe kaufen? Hier?«

»Nein«, sagt der Mann ungeduldig. »Ich will wissen, ob ich hier eine Lampe kaufen kann.«

»Wir haben Glühbirnen.«

Der Mann runzelt die Stirn.

»Was bringt mir Butter, wenn ich keinen Kühlschrank habe?«, fragt er.

»Ich verstehe nicht«, sage ich. »Brauchen Sie Butter?« Obwohl ich schon ahne, dass auch das falsch ist. Aber Butter hätten wir wenigstens.

»Ich brauche gar nichts«, ruft der Mann. Mit dem Kopf macht er eine ruckartige Bewegung; die Brille rutscht ihm beinahe von der Nase. »Ich will nur wissen, was ich hier kaufen könnte, wenn –«

»Wenn –?«

»Wenn ich was brauchen würde.«

Der Mann sieht mich an, als wäre ich hier das Problem. *Der Kunde ist König*, sage ich mir. Auch wenn ich nicht weiß, ob Kunde hier der richtige Begriff ist. Schließlich hat dieser Mann betont, dass er nichts kaufen will.

»Verstehe«, sage ich. Dabei habe ich nie weniger verstanden. »Also, wir haben eigentlich alles. Seit Kurzem sogar Fertigmilchreis.«

»Aber keine Lampen.«

Ich hole tief Luft.

»Nein, keine Lampen. Aber ich kann dem Chef gern sagen, dass –«

Der Mann winkt ab.

»Der Chef«, sagt er. »Der Chef hat noch nie auf andere gehört. *Iss dein Gemüse! Such dir andere Freunde! Mach deinen Abschluss!*« Der Mann setzt seine Brille ab und wischt sich über den Nasenrücken. »Und wie man eine Waschmaschine bedient, weiß er übrigens auch erst seit diesem Jahr!«

»Das war mein Vater«, brummt Yunus. Er öffnet die Gefriertruhe und lässt fünf Schokoriegel ins Innere plumpsen. Offensichtlich bereitet er sich auf harte Zeiten vor.

»Woher willst du das wissen?«, fragt Miri. »Lotte hat nur gesagt, dass der Mann –«

»– von Lampen besessen war«, beendet Yunus ihren Satz. »Also war es mein Vater, der wissen wollte, ob ich seine beschissenen Lampen in den Laden gestellt habe.«

Miri wirft ihm einen zweifelnden Blick zu. »Die Leute fragen nach den seltsamsten Sachen. Weißt du noch die Frau, die einen Feuerlöscher gesucht hat? Oder der Typ, der Winterräder kaufen wollte? Im Sommer?«

»Es war mein Vater«, sagt Yunus entschieden.

Seufzend dreht Miri sich zu mir.

»Lotte, hatte der Mann so eine kleine Brille auf?«

Ich nicke.

»Eine Strickweste?«

Ich nicke wieder.

Miri verzieht das Gesicht.

»Okay, Schatz, der Punkt geht an dich«, murmelt sie. Sofort schlingt Yunus beide Arme um Miri.

»Was hast du gerade gesagt?«, fragt er.

»Dass du recht hattest«, murmelt Miri.

»Was?« Yunus hält sich eine Hand hinters Ohr. »Du redest so leise.«

»Du hattest recht!«, ruft Miri lachend. Dann küssen sie sich. Und ich denke: So was will ich auch. Genauso so was.

Yunus und Miri sind das perfekte Paar. Auch wenn sie sich mal streiten. Wobei das eben ja noch nicht mal ein richtiger Streit war.

»Eigentlich solltest du froh sein«, sagt Miri, als sich ihre Lippen wieder voneinander gelöst haben. Ihre Stimme klingt anders, irgendwie rauer. Als hätte der Kuss was mit ihren Stimmbändern gemacht. »Wenn dein Vater hier war, wurde er aus dem Krankenhaus entlassen. Das heißt, es geht ihm besser!«

Yunus gibt nur ein Brummen von sich. Soweit ich weiß, hat er seinen Vater nur einmal besucht: an dem Tag, an dem er ins Krankenhaus eingeliefert wurde. Kaum war klar, dass er über den Berg ist, hat Yunus sich wieder ferngehalten. Keine Ahnung, was die beiden wirklich für ein Problem miteinander haben. Ich meine, an so ein paar Lampen kann es wohl kaum liegen!

»Themenwechsel!«, bestimmt Miri. Schwungvoll drückt sie Yunus einen Stapel Papier in die Hand. Sein Gesichtsausdruck verändert sich sofort.

»Was ist das?«, fragt er. Dabei kann sogar ich sehen, was das ist. Auf dem obersten Blatt ist ein Auto abgedruckt. FAHREN LERNEN steht in blauen Buchstaben darüber.

Miri zuckt mit den Schultern.

»Meine Masterarbeit ist es jedenfalls nicht. Die hätte mehr Seiten.«

»Soll das ein Scherz sein?«

Yunus' Stimme bebt. Ohne ein weiteres Wort lässt er die Unterlagen in den Papierkorb fallen.

»Du bist fest angemeldet«, sagt Miri.

»Fest? Was soll das heißen, fest angemeldet?«

Ich glaube, am liebsten würde Yunus brüllen.

So gelassen wie möglich, nimmt Miri einen Schokoriegel aus der Gefriertruhe. Keine Ahnung, ob der für Yunus ist – oder für sie. Jedenfalls reißt Miri die Folie nicht auf, sie erklärt nur: »Bei einer festen Anmeldung hat man schon bezahlt.«

»Was?«, ruft Yunus.

»Zwei Drittel des voraussichtlichen Betrags sind schon bezahlt«, sagt Miri.

Kaum hat sie ausgesprochen, entspannen sich Yunus' Gesichtszüge.

»Alles klar«, sagt er. »Netter Versuch. Bis hierin hätte ich dir fast geglaubt. Aber das war zu viel. Jeder weiß, dass du keine Kohle hast! Du kannst nicht mal deine Miete bezahlen.«

Miris Augen beginnen zu funkeln.

»Ich war einmal im Rückstand. Einmal!«, sagt sie. »Das ist jetzt über ein Jahr her.«

Yunus legt den Kopf schief, er streckt beide Arme aus.

»Komm schon her«, sagt er. Miri setzt sich tatsächlich in Bewegung. Doch sie läuft an Yunus' offenen Armen vorbei, zum Papierkorb. Miri holt die Fahrschul-Unterlagen heraus und klatscht sie auf den Tresen.

»Das hier«, sagt sie, »das sind 1.500 Euro.« Ihre Stimme ist so ernst, dass selbst Yunus kapiert: Das ist kein Scherz.

»Aber woher hast du das –«, beginnt er und bricht plötzlich ab. »Verfickt«, sagt er. Langsam und ohne Miri aus dem Blick zu lassen, greift Yunus unter den Tresen. Seine Augen weiten sich, als er ins Leere greift.

»Tut mir leid«, sagt Miri beinahe tonlos. Sie zieht das Portemonnaie mit dem Schnappverschluss aus ihrem Rucksack. Das Portemonnaie, das für die Tageseinnahmen reserviert ist. Es ist flacher, als es sein sollte. So flach, dass Yunus nur noch brüllen kann.

Eine Art Match beginnt. Miri und Yunus schleudern sich Wörter und Sätze wie Bälle entgegen. Und ich mache mich schleunigst auf den Heimweg. Auch wenn es sich anders anfühlt, geht mich das hier nichts an. Zugegeben, in meinem Zimmer setze ich mich direkt ans Fenster. Das Licht habe ich vorsorglich gelöscht, damit man mich auf meinem Beobachtungsposten nicht sieht. Ich drücke Miri und Yunus die Daumen, dass sie sich schnell wieder versöhnen.

Leider kann ich nur in den vorderen Teil des Ladens blicken. Weil Miri und Yunus sich hinten am Tresen zoffen, kriege ich also nichts mit. Mein Blick gleitet zu den leuchtenden Buchstaben über der Tür. Das Ä ist immer noch ein A. Der Späti immer noch ein Spati. So schwer kann das doch nicht sein, zwei Glühbirnen auszuwechseln! Da tut sich endlich etwas in meinem Sichtbereich. Miri hat Yunus vor die Scheibe gezogen. Vielleicht ist es Zufall, aber ganz kurz sieht Miri genau in meine Richtung. Und dann küssen sie sich. Aber wie! Für diese Art Kuss müsste ich als Zuschauerin eigentlich bezahlen. Und der Kuss hört einfach nicht auf. Ich gucke hin, dann wieder weg, dann wieder hin – um was zu lernen. Weil ich in Punkto Technik bereit sein will für meinen ersten Kuss. Natürlich kriege ich nicht alle Details mit, dafür bräuchte ich wohl ein Fernglas. Aber ich sehe auch so schon ziemlich viel: Yunus fasst zärtlich in Miris Haar.

Sie lässt den Schokoriegel, der bestimmt längst warm ist, einfach fallen. Dafür beginnt sie, langsam Yunus' Nacken zu streicheln. Ohne es zu merken, mache ich es ihr nach, fahre mit der Hand meinen eigenen Nacken herab. Ich öffne den Mund ein kleines bisschen und fahre mir mit der Zunge über meine Lippen.

»Lotte!«

Meine Zimmertür geht auf, prompt falle ich vom Fensterbrett.

»Lotte, alles in Ordnung?«, fragt Mama. Sie knipst das Licht an und sieht mich besorgt an.

»Solange du nicht anklopfst, ist gar nichts in Ordnung!«, schimpfe ich vom Boden aus.

Der Schmerz ist heftig. Ich bin direkt auf mein Steißbein gefallen. Das nennt man wohl Punktlandung.

»Das Licht war aus«, verteidigt sich Mama. »Ich wusste gar nicht, dass du da bist.«

Das hätte sie besser nicht gesagt.

»Was wolltest du dann hier, in meinem Zimmer?«

Ich ziehe mich an meinem Bett hoch. Auf Augenhöhe angekommen, funkle ich Mama böse an.

»Ich schreibe kein Tagebuch, das du heimlich lesen könntest!«

Mama seufzt.

»Lotte, du bist unmöglich.«

»Du bist unmöglich!«, rufe ich. »Was, wenn ... wenn ich gerade Besuch gehabt hätte?«

Mama sieht mich amüsiert an.

»Du meinst ... Herrenbesuch?«

»Oder Damenbesuch«, sage ich. »Noch haben wir nicht geklärt, ob ich lesbisch bin.«

»Nein«, sagt Mama. »Das haben wir nicht. Aber falls du Bedarf hast: Ich stehe jederzeit für ein Coming-out zur Verfügung. Wie auch für alle anderen Mutter-Tochter-Gespräche.«

»Der Esel nennt sich zuerst«, murmle ich. Da zieht Mama die Tür wieder zu. Beleidigungen kann sie gar nicht ab. Auch wenn sie ganz harmlos sind. Ich meine, Esel sind doch wirklich süß. Vor allem die Ohren.

Fast das ganze Wochenende lang ist die Stimmung zu Hause eher mies. Keine Ahnung, ob Mama wirklich noch eingeschnappt ist. Papa nervt mich auf jeden Fall im Minutentakt mit seiner Gehirntraining-App. Und ich reagiere entsprechend genervt. Erst als wir Sonntagabend zusammen kochen, wird bei jedem einzelnen von uns die Laune besser. Ich glaube, es ist das erste Mal in dieser neuen Küche, die so steril und weiß ist, dass Mama sich wie an ihrem Arbeitsplatz in der Klinik vorkommen muss.

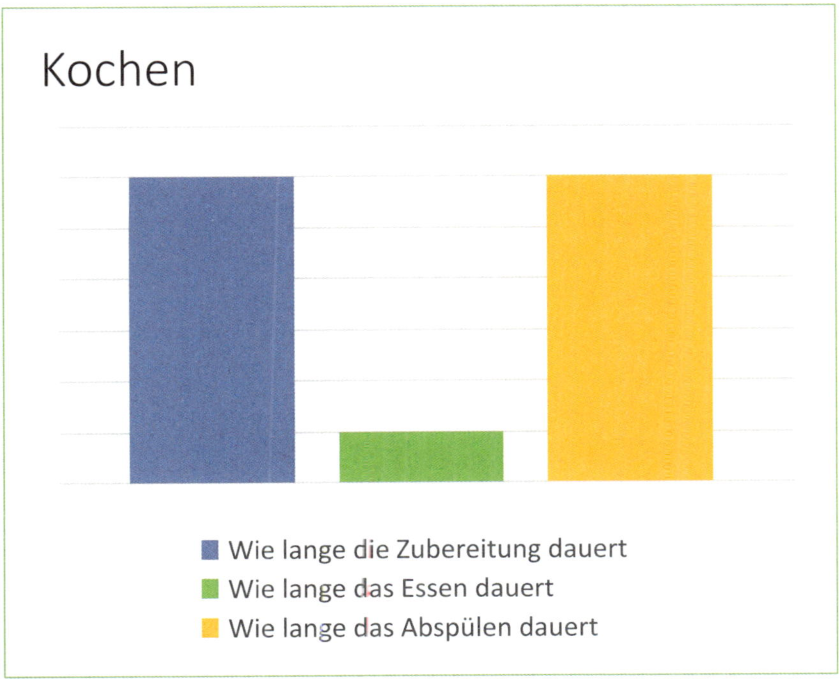

Einer spontanen Eingebung folgend hat Papa auf dem Markt Walnüsse und Schafskäse gekauft – und all die anderen Zutaten, die man für seine Spezial-Zucchini-Soße braucht. Eigentlich ist es unsere Spezial-Zucchini-Soße. Sogar Mama ist Fan davon, obwohl Essen für sie sonst keine große Bedeutung hat. Sie kocht zwar gern mit uns; aber nur wegen des »Prozesses« – Nahrung ist für sie nicht mehr als ein Energielieferant. Das heißt, sie würde auch Bindfäden verschlingen, wenn sie genügend Kalorien hätten.

Ich weiß nicht, woran es liegt, aber wenn wir zusammen in der Küche stehen und Walnüsse hacken und Schafskäse würfeln, ist sonst nichts wichtig. Da reden wir nicht über verhauene IQ-Tests oder anderes stressiges Zeug. Da stehen wir einfach nur zusammen rum und sind das besteingespielte Team der Welt.

Am nächsten Tag weckt mich die Müllabfuhr mit wahnsinnigem Getöse. Ich sehe aus dem Fenster: Ein orangefarbener Laster blockiert die Straße, es gibt kein Vor und kein Zurück. Obwohl es so früh am Morgen ist, wollen unglaublich viele vor oder zurück. Ein Typ im Volvo hält seinen ausgestreckten Mittelfinger in die Luft. Es ist unklar, wen er damit meint. Vermutlich allgemein das Universum. Das ist eigentlich immer ein guter Sündenbock. Die Radfahrerin, die sich gerade an ihm vorbeischlängelt, fühlt sich jedoch leider angesprochen. Mit der Faust haut sie auf das Autodach. Der Volvo-Fahrer drückt die Hupe und lässt nicht mehr los. Das ist offenbar ansteckend. Im Haus gegenüber wird ein Fenster aufgerissen, ein Mann mit nacktem Oberkörper brüllt etwas. Zwei Fenster weiter brüllt eine Frau zurück. Auf der Straße allerdings haben sie sich längst wieder versöhnt. Die Auto-Kolonne setzt sich in Bewegung, als wäre nichts geschehen.

Ich lasse mich zurück ins Bett fallen, schnappe mir den Laptop und öffne die Datei mit den Grafiken. Ich versuche, die Unterschiede zwischen Berlin und meinem alten Kaff festzuhalten. In Hessen haben die Leute nicht so schnell gemotzt, explodiert sind sie schon mal gar nicht. Dafür waren sie nachtragend. Wenn man einmal jemanden gefressen hatte, spuckte man den so schnell nicht wieder aus. Aber davon mal abgesehen, gibt es wahrscheinlich doch nicht so viele Unterschiede. Zwar leben hier mehr Menschen, unterschiedlichere Menschen – aber die Idioten sind gleichmäßig verteilt. Vielleicht ist ein Kiez so was wie ein Dorf für Fortgeschrittene. Hier wie da latscht man immer die gleichen Wege, geht immer in die gleichen Läden – und kennt sich. Zwar nicht die ganze Familiengeschichte mit allen schmutzigen Details – aber man kennt sich eben vom Sehen. Und schon stellt sich ein vertrautes Gefühl ein, ob man will oder nicht.

Ich lege den Laptop zur Seite und versuche, nochmal einzuschlafen. Ohne Erfolg. Ich bin einfach viel zu aufgeregt – natürlich wegen Vincent. Heute sehe ich ihn wieder! Irgendwann gebe ich es auf und rolle mich aus dem Bett. Was soll's, in Moskau ist es ja schon halb acht. Die Zeit bis zum Frühstück verbringe ich damit, das perfekte Outfit für den Nachmittag auszuwählen. Ich entscheide mich für gestreifte Shorts und ein weißes

T-Shirt. Das muss ich mir allerdings wenig später wieder vom Kopf reißen, weil mich das Gelb meines Frühstückeis zu überschwänglich begrüßt hat.

»Verfickt!«, rufe ich, obenrum nur noch mit einem BH bekleidet.

»Lotte!«, ruft Papa.

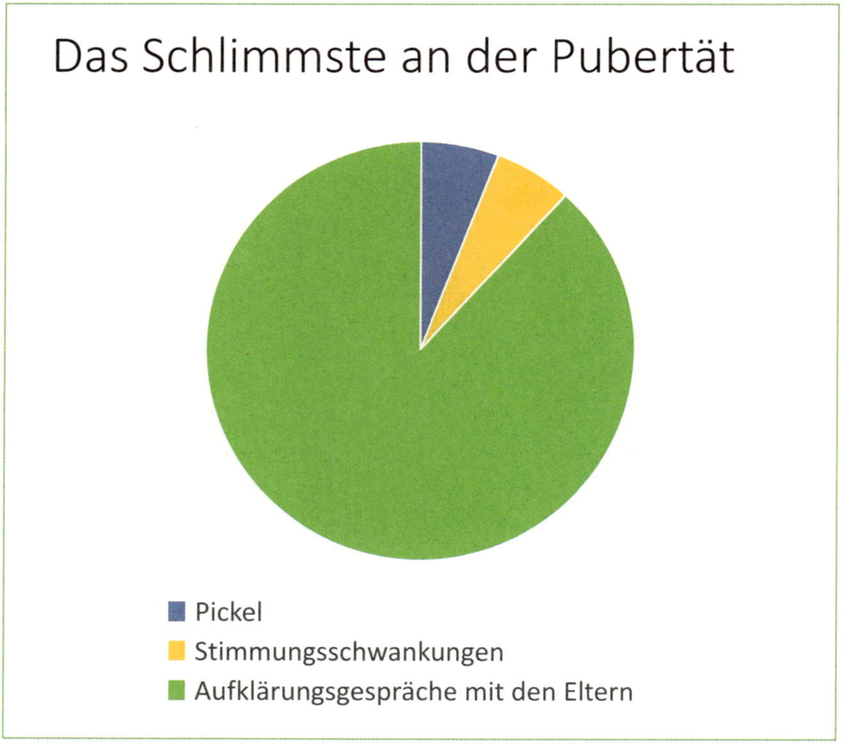

Mama legt ihre Hand auf seine Hand. Das bedeutet so viel wie: Reg dich nicht auf. Ich regle das. Und genau das tut sie.

»Liebling«, sagt sie. »Wir haben wirklich nichts gegen eine bildhafte Sprache. Man kann damit Emotionen wunderbar Ausdruck verleihen. Aber die Begriffe sollten zur Situation passen. Wenn du mich fragst, passt *verfickt* einfach nicht zu einem schön gedeckten Frühstückstisch. Vor allem nicht, wenn die eigenen Eltern daran sitzen.« Sie sieht mich unschuldig an. »Oder ist das eine Anspielung darauf, dass du mit uns über dein Sexleben sprechen möchtest?«

»Das ist nicht existent«, murmle ich.

»Dann vielleicht über Verhütung?«, hakt Mama nach. »Darum kann man sich nicht früh genug kümmern. Ich würde in deinem Fall stark für Kondome plädieren. Oder was meinst du, Thomas?«

Papa ist das alles noch unangenehmer als mir.

»Ich meine, wir sollten langsam zur Arbeit.« Er steht so ruckartig auf, dass sein Stuhl zu Boden fällt.

»Papa«, sage ich und stelle den Stuhl wieder auf. »Klau mir bitte nicht meine Nummer! Für so was bin immer noch ich zuständig.«

Auf einmal ist die Stimmung wieder super. Das kann ich, Leute zum Lachen bringen. Manchmal mit dem richtigen Spruch zur richtigen Zeit – manchmal mit einer ungewollten Slapstick-Einlage.

Yunus wartet hinter der Ladentür auf mich. Er muss gleich los, irgendwelche dringenden Besorgungen machen. Mir ist das nur recht. Kaum ist Yunus weg, ziehe ich den Radiostecker. Wenn Vincent von Grüne Gurken heute Nachmittag kommt, gibt es nur eines, das ich noch weniger als Zuschauer gebrauchen kann: diese Herzschmerzmusik.

Ich stelle mich hinter den Tresen und warte. Angeblich kommt Vincent immer gegen halb vier. Alle paar Minuten schiele ich zur Berlin-Uhr. Die Zeiger scheinen sich heute besonders langsam zu bewegen. Es ist faszinierend: Ein Teil von mir will, dass die Zeit schneller vergeht – und ein anderer Teil will genau das Gegenteil. Anders gesagt: Würde Vincent heute nicht auftauchen, wäre ich enttäuscht und erleichtert zugleich. Daraus soll mal einer schlau werden!

Kundschaft wäre eine gute Ablenkung. Leider kommen die Leute nur tröpfchenweise. Die Frau mit den lilafarbenen Haaren kauft mal wieder Kaffeesahne, ein kleiner Junge hat es auf sämtliche Wassermelonen-Lollis abgesehen. Sonst ist nichts los.

Mein Blick fällt auf die Kaffeemaschine. Das ist es! Um mir die Zeit zu vertreiben, probiere ich jedes Getränk aus, das die Maschine ausspucken kann. Gedacht, getan! Leider habe ich dabei zwei Dinge nicht eingeplant. Erstens werde ich von der Überdosis Koffein ganz zittrig. Zweitens muss ich ziemlich schnell ziemlich dringend pinkeln. Ich weiß, dass hinten im Laden eine Toilette ist. Aber die ist nur durch eine Falttür vom Verkaufsraum abgetrennt. Die Tür ist papierdünn und richtig zuziehen kann man sie auch nicht. Im Laden hört man alles, was hinter der Tür passiert. Aus genau diesem Grund habe ich mir geschworen, die Toilette niemals zu benutzen. Bisher habe ich den Schwur gehalten. Ich bin fest entschlossen, ihn auch heute nicht zu brechen. Um mich vom Druck in meiner Blase abzulenken, klicke ich auf Papas Gehirntraining-App und spiele ein paar Runden. Doch irgendwann kann ich nicht mehr: Ich gebe auf. Bevor ich hinter der Falttür verschwinde, werfe ich einen Blick auf die Berlin-Uhr. Zwanzig nach drei. Mein Timing ist unschlagbar.

Das Rauschen der Klospülung ist laut und lang. Sehr lang. Sehr, sehr lang. Irgendwann kapiere ich, dass es von allein nicht mehr aufhört. Ich klappe den Deckel hoch und sehe, wie das Wasser in der Schüssel steigt. Verdammt. Verzweifelt beginne ich, auf dem Spülknopf herumzudrücken. Doch das ändert leider nichts. Das Wasser steigt weiter. Es hat den Rand fast erreicht, jeden Moment kann es überlaufen. Was dann passiert, ist klar. Eine Pfütze entsteht, erst klein, bald größer. Die Pfütze breitet sich im ganzen Laden aus, zunächst im hinteren Teil, dann im auch im vorderen. Schließlich fließt das Wasser die Stufen herunter auf die Straße. Es wird zu einem reißenden Strom, der Vincent von mir wegträgt – auf Nimmerwiedersehen.

Ich spüre, wie ich wütend werde. Auf die blöde Toilette, die nicht funktionieren will. Auf den Klempner, der sie falsch eingebaut hat. Und auf Yunus, der das garantiert weiß, die Toilette aber genauso wenig reparieren lässt wie das blöde Ä über der Tür. Sogar auf Miri werde ich wütend, obwohl sie damit gar nichts zu tun hat. Oh, und auf meine Eltern bin ich am allerwütendsten. Weil die mich überhaupt erst hergebracht haben in diese Scheißstadt mit ihren Scheißklos und dem Hundedreck überall. Die haben mich umgesetzt wie eine dämliche Topfpflanze. Und genauso fühle ich mich in ihrer Gegenwart auch die meiste Zeit: verdammt dämlich.

Diese angestaute Wut bekommt nun der arme Spülknopf zu spüren. Dass ich dabei schreie, merke ich nicht. Bis jemand zaghaft an die Falttür klopft.

»Alles klar da drin?«

Das ist sie, seine Stimme! Für den Bruchteil einer Sekunde bin ich schockgefroren. In meinem Hirn rattert es. Am besten, ich zwänge mich durch den Lüftungsschacht. Zumindest bis zum Ellenbogen käme ich problemlos rein.

Es klopft noch einmal. Ich richte mich auf und stoße mit dem Kopf gegen den Hängeschrank. So heftig, dass ich auf die Toilette sinke. Das Wasser ist weiter gestiegen, mein Hosenboden wird nass. Am liebsten würde ich heulen.

»Alles klar?«, fragt die schönste Stimme der Welt.

»Ja«, sage ich. Was soll ich sonst antworten? »Ich bin mit den Nerven völlig am Ende und sehe aus, als hätte ich in die Hose gepinkelt«, ist keine Option.

»Was? Es ist so laut –«

Diese blöde Spülung! Ein letztes Mal drücke ich auf den Knopf. Nur sanft, weil ich überzeugt bin, dass es sowieso nichts bringt. Aber: Die Spülung verstummt. Ich kann es selbst kaum glauben. Das Wasser hört tatsächlich auf zu fließen.

»Okay«, murmle ich leise. Das erste Problem wäre gelöst. An dem Haken neben mir entdecke ich ein kleines, gestreiftes Handtuch. Ich versuche, es so um meine Hüften zu drapieren, dass es den nassen Fleck verdeckt. Der Erfolg ist nur mäßig, aber egal. Ich streiche meine Haare glatt, setze ein möglichst unverkrampftes »So-was-aber-auch«-Lächeln auf und öffne die Tür.

Aber … Vincent von Grüne Gurken ist nirgends zu sehen. Da ist überhaupt niemand. Bin ich jetzt völlig durchgedreht? Habe ich mir das alles nur eingebildet? Hat niemand mit mir gesprochen, keiner geklopft?

»Hallo?«, rufe ich zaghaft.

»Hier vorne!« Die Antwort kommt prompt. Ich gucke um die Ecke. Na klar, Vincent steht natürlich schon vor seinen geliebten Weingummi-Boxen. In aller Seelenruhe sucht er seine Gurken zusammen. So was Blödes! Meinen schönen Plan kann ich jetzt vergessen. Eigentlich hätte mein vorbereitetes Tütchen auf dem Tresen auf ihn warten müssen. Damit Vincent es beim Reinkommen direkt sieht. Wenn ich es jetzt aus der Schublade hole, ist der Effekt irgendwie nur halb so gut. (Um nicht zu sagen: gleich null.)

Da hat Vincent auch schon seine zehn Gurken zusammen. Er schlendert in meine Richtung, zur Kasse. Ich versuche ein entspanntes Lächeln. (Kann man eigentlich einen Krampf in den Mundwinkeln bekommen?) Aber es spielt sowieso keine Rolle, denn Vincent guckt mich überhaupt nicht an. Er stellt sein Tütchen auf den Tresen und starrt an mir vorbei zu den Bahnhofsuhren.

»Ich kapier das einfach nicht«, sagt er langsam. »Das mit dem Mond. Warum hat Yunus nicht noch eine Stadt genommen? Paris zum Beispiel.«

Mein Hirn denkt: Paris! Wie kommt er ausgerechnet auf Paris? Die Stadt der Liebe! Kann das ein Zufall sein? Oder ist es vielleicht eine ... Botschaft? Ich zwinge mich dazu, sachlich zu bleiben. Bloß nicht durchdrehen!

»Vielleicht, weil es in Paris jetzt auch halb vier ist«, sagt mein Mund. »Frankreich hat sich an die mitteleuropäische Zeit angeschlossen. Obwohl das Land wegen seiner Lage eigentlich zu einer anderen Zeitzone gehört.«

Ich breche ab. Auf keinen Fall will ich ihn mit einem unaufgeforderten Vortrag nerven. Doch Vincent beginnt zu lächeln. Interessiert ihn das etwa? Dann könnte ich ihm noch erzählen, dass Spanien es genauso gemacht hat. Oder dass die in China gültige Zeit sich über ganze fünf Zeitzonen erstreckt. Das habe ich alles letztens recherchiert, als ich mich gefragt habe, welche Zeit wohl bei Mond-Missionen gilt.

Zeitzonen

Berlin	UTC + 1 Stunde
Moskau	UTC + 3 Stunden
Tokio	UTC + 9 Stunden
New York	UTC - 5 Stunden
Zeit, in der meine Eltern leben	UTC - 6 Jahre

»Stell dir mal vor, wir alle könnten unsere Zeit einfach so aussuchen«, sagt Vincent. »Unabhängig davon, wo wir leben.«

»Dann wäre jeder Mensch seine eigene Zeitzone«, nehme ich seinen Gedanken auf.

Vincent nickt.

»Für mich müsste alles eine Stunde früher sein«, sagt er.

»Dann tickst du nach der UTC«, vermute ich. Vincent sieht mich ratlos an. »Das steht für koordinierte Weltzeit«, sage ich.

»Weltzeit«, sagt Vincent und nickt. »Das gefällt mir. Ich bin ein überzeugter Weltbürger, ein Kosmopolit.« Er streicht sich die Strähnen aus dem Gesicht. »Zumindest in der Theorie. Tatsächlich habe ich es bisher nur zur Ostsee geschafft.« Ich muss lachen. Vincent lacht auch. Dann legt er einen Euro auf den Tresen und greift sich das Tütchen mit den Gummigurken.

»So long«, sagt er. Ich sage nichts, sondern nicke bloß. Kaum ist Vincent weg, muss ich grinsen. Allem Anschein nach bin ich genialer, als gedacht.

Weshalb ich mich so freue? Mir ist es gelungen, meinen Plan doch noch umzusetzen – in leicht abgewandelter Form. Ich habe die Gummigurken-Tütchen ausgetauscht! Da Vincent nur Augen für die Mond-Uhr hatte, ging das problemlos. Jetzt ist es eigentlich nur eine Frage der Zeit, bis er mein Marshmallow-Herz entdeckt. Und darauf muss er einfach reagieren. Und falls er nicht reagiert, ist das auch eine Reaktion. (Zugegebenermaßen nicht die, die ich mir erhoffe.)

Über all das denke ich nach, als ich wenig später zu Hause unter der Dusche stehe. Ich schließe die Augen. Das warme Wasser tut so gut. Die Aufregung von vorhin, die ganze Wut versickert im Abfluss. Einen klitzekleinen Moment lang bin ich so was wie glücklich. Dann rutsche ich auf der Seife aus. Ich weiß nicht, was lauter ist: mein Schreckensschrei oder das Reißen des Duschvorhangs. An den klammere ich mich, um nicht mit voller Wucht auf die Fliesen zu knallen. Es dauert keine zwei Sekunden, dann stehen meine Eltern im Bad. Sie sehen auf mich herunter wie auf ein bedauernswertes Tierchen. Einen Silberfisch. Kein Wunder, ich bin nass und nackt. Der Fetzen, der mal ein Duschvorhang war, ist zu klein, um meine Blöße zu bedecken. Und jetzt läuft mir auch noch das Shampoo in die Augen. Doch das alles ist nichts gegen den Schmerz in meinem Fuß.

»Mein Knöchel«, jammere ich.

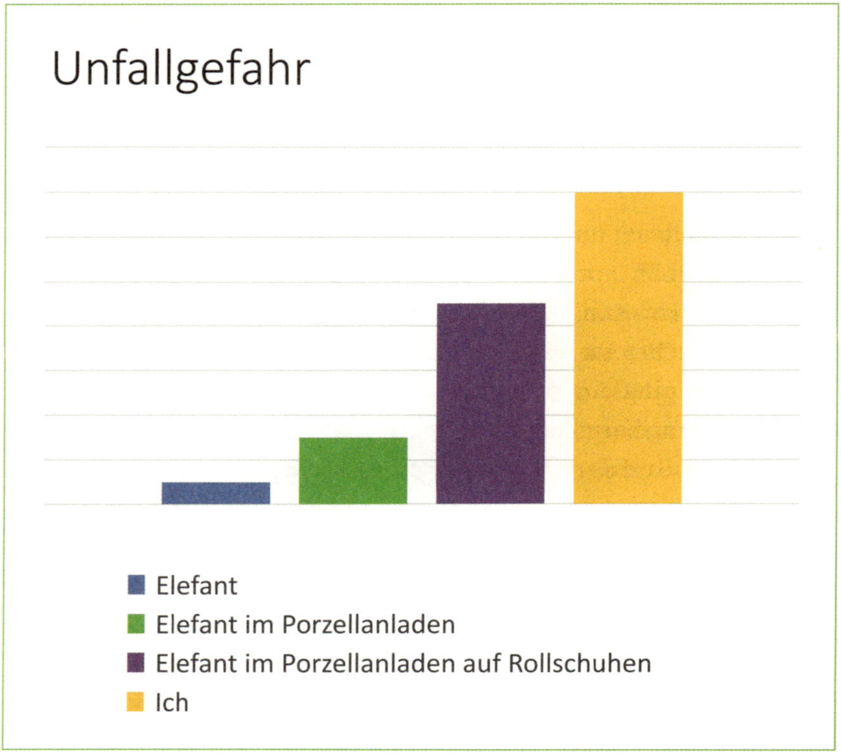

Mama greift meinen Arm, um mir aufzuhelfen.

»Jetzt pack doch mal mit an!«, motzt sie Papa an. Ich bin ein bisschen beleidigt. So schwer bin ich ja nun auch nicht, dass sie gleich einen Bandscheibenvorfall befürchten muss. Papa legt sein Handy auf den Wäschekorb und nimmt meinen anderen Arm.

»Ins Wohnzimmer«, kommandiert Mama.

Ich Vorbeigehen greife ich mir ein Handtuch vom Wäschekorb. Da sehe ich, dass Papa gar nicht sein Handy in der Hand hatte. Sondern meins. Merkwürdig ... wozu braucht er mein Telefon?

Ich trete falsch auf und ein fieser Blitz schießt in mein Fußgelenk.

Auf dem Sofa liegend, werde ich abgetastet. Mama kann das wirklich gut, sie macht das sanft und gründlich. Das erinnert mich daran, wie sie mich früher in den Schlaf gestreichelt hat. Manchmal wäre ich gerne noch vier. »Halb so schlimm«, sagt Mama schließlich. »Du brauchst nur ein bisschen Ruhe und Eis.«

»Bitte Vanille«, sage ich.

»Eis für den Fuß!«, ruft Mama.

Verdammt. Das hätte ich mir eigentlich denken können.

Weil wir keine Eiswürfel haben, wird Papa rüber zum Kiosk geschickt.

»Seid ihr euch überhaupt sicher, dass es da Eiswürfel gibt?«, fragt er.

»Yunus hat alles«, sage ich. »Außer Lampen. Frag bloß nicht nach Lampen!«

Papa sieht mich an, als hätte ich sie nicht mehr alle. Aber er nimmt brav sein Portemonnaie und geht los.

Papa bringt nicht nur Eis für den Fuß mit – sondern auch für meinen Gaumen. Außen Schokolade, innen Vanille. Perfekt! Für sich selbst hat er dieses Eis gekauft, das man mit einem Stab nach oben schieben muss.

»Kannst du mir was versprechen?«, frage ich ihn, als er sich vorsichtig neben mich auf das Sofa setzt.

»Was denn?« Mit der Zunge folgt Papa der Spirale aus Erdbeersoße. Schnell gucke ich woanders hin.

»Kannst du bitte ein anderes Eis essen, wenn wir unter Leuten sind?«

Papa sieht mich verständnislos an.

»Das habe ich schon als Kind gegessen«, sagt er und schiebt das Eis noch ein Stückchen weiter hoch.

»Genau das ist das Problem«, sage ich. »Es ist kein Erwachsenen-Eis. Wenn du das isst, ist das peinlich.«

»Für mich oder für dich?«, fragt Papa. Mit der Zunge formt er aus dem Eis eine Art Spitze. Ich muss zugeben, das ist gekonnt. (Aber irgendwie auch schrecklich unanständig.)

»Vor allem kannst du dein Eis nicht so essen!«, rufe ich.

»Soll ich einen Löffel nehmen?«, fragt Papa. Er führt das Eis noch näher an seinen Mund und drückt die Spitze mit der Zunge platt.

»Vergiss es«, sage ich genervt. Es ist nicht so, dass Papa mich nicht verstehen will. Er kann mich nicht verstehen. Es gibt unglaublich viele Dinge, von denen dieser Hochbegabte nicht den Hauch einer Ahnung hat.

»Hör zu, Lotte«, sagt Papa. »Von mir aus esse ich ab jetzt nur noch Eis im Becher. Und du kannst mir Sorten aussuchen, die deiner Meinung nach erwachsen sind. Haselnuss oder irgendwas anderes Langweiliges.« Er wischt sich mit dem Handrücken über den Mund. »Aber … kannst du mir dafür auch einen Gefallen tun?«

Ich sehe auf. Seine Stimme klingt auf einmal so ernst.

»Könntest du etwas mehr trainieren?«

»Hä?«, mache ich, weil ich keine Ahnung habe, wovon er spricht.

»Hast du denn schon die Statistiken entdeckt?«, fragt er. »Die sind ganz unten in der App.«

Natürlich! Papa geht es mal wieder um mein IQ-Training. Das hätte mir gleich klar sein müssen: Nichts beschäftigt ihn mehr.

»Bei den Statistiken kannst du deine Performance und Entwicklung mit anderen Nutzern deines Alters vergleichen.«

Ich verschränke die Arme vor der Brust.

»Was, wenn ich mich nicht vergleichen will?«

»Aber warum solltest du das nicht wollen?«, fragt Papa.

»Vielleicht, weil es mich runterzieht, immer die Schlechteste zu sein!«, rufe ich.

Papa kratzt sich am Kopf.

»Aber du bist doch gar nicht die Schlechteste«, sagt er. »Du hast dich wirklich gesteigert. Nur in den Bereichen Konzentration und Logik hast du Aufholbedarf.«

Jetzt weiß ich auch, was Papa vorhin mit meinem Handy gemacht hat. Er hat meine Performance kontrolliert! Ungefragt. Ich bin fassungslos.

Wortlos stehe ich auf. Da ist wieder dieser Blitz in meinem Knöchel. Aber ich will nur noch eines: weg.

»Lotte, was hast du denn?«

»Was ich habe?«, rufe ich. »DAS WEISST DU NICHT?«

Papa sieht mich ratlos an.

»Lottchen, ich will dir doch nur helfen.«

»Dein IQ ist vielleicht vierstellig«, sage ich. »Aber deine emotionale Intelligenz liegt so was von im Minusbereich!«

In meiner Vorstellung lege ich einen richtigen Abgang hin. Tatsächlich aber kann ich nur aus dem Zimmer humpeln.

Und als Erstes kriegt mein Handy einen Code.

Die nächsten beiden Tage verbringe ich überwiegend in horizontaler Lage. Eigentlich hätte ich am Mittwoch die Nachmittagsschicht im Kiosk übernehmen sollen – aber Mama will, dass ich mich einen weiteren Tag schone. Dabei geht es meinem Fuß schon viel besser. Was soll's. Ich telefoniere ein bisschen mit Daniel, entwerfe ein paar Grafiken – vor allem aber langweilige ich mich.

Früher hätte mir das gefallen, ein paar entspannte Tage im Bett verordnet zu bekommen. Quasi von höchster Stelle. Aber irgendwas hat sich verändert. Ich kann es selbst kaum glauben, aber ich will raus! In den Kiez, auf die Straße, aber vor allem: in den Späti. Miri und Yunus fehlen mir. Und die Stammgäste fehlen mir auch. Die schrumpeligen italienischen Zwillinge zum Beispiel, oder die Frau mit den lila Haaren und der Kaffeesahne. Ich hätte auch nichts dagegen, dem ein oder anderen Touri mal wieder den Weg zur U-Bahn zu verraten. Mit genau der richtigen Mischung aus Freundlichkeit und Herablassung. Weil ich hier keine Besucherin bin – und mich langsam auch nicht mehr so fühle. An meinem zweiten Krankentag kommt eine neue Karte von Tante Grete an. *Keine Panik, wenn Plan A nicht klappt. Das Alphabet hat noch 25 andere Buchstaben* steht in pinken Blockbuchstaben darauf. Der Spruch gefällt mir. Als ich die Karte an die Wand hängen will, sehe ich, dass auf der

Rückseite mehr als meine Anschrift steht. *Kommst du mich mal in Hamburg besuchen? Küsschen, Gretchen.*

Überrascht lasse ich mich zurück ins Kissen fallen. Das hat sie noch nie vorgeschlagen. Normalerweise besucht Tante Grete immer uns – sehr zum Missfallen meines Vaters. Jedes Mal grübelt er über einen Vorwand, den Besuch in letzter Sekunde abzuwenden. Die Sache ist die: Papa hat nicht das beste Verhältnis zu seiner älteren Schwester. Angeblich war das schon immer so. Klein-Papa wollte Schach spielen, aber Klein-Greta hat mit den Figuren Theater gespielt. Klein-Papa wollte Matherätsel lösen, aber Klein-Greta hat das Heft vollgekritzelt. Geschichten dieser Art gibt es massig. Bei jedem Treffen erzählt Tante Grete eine neue und Papa hört mit zusammengekniffenen Lippen zu. Hamburg … Es wäre genial, Tante Grete mal ganz für mich zu haben. Wir würden den ganzen Tag herumalbern, riesige Leinwände bemalen und Smoothies mit Mandelmilch trinken. Zumindest stelle ich mir das so vor. Von hier bis nach Hamburg ist es gar nicht mal so weit. Eine schöne Rache für Papas Handy-Spionage wäre es außerdem. Das hast du davon, ich besuche deine ungeliebte Schwester und werde mit ihr von früh bis spät über dich herziehen!

Aber irgendwie will ich nicht weg von hier. Nicht jetzt. Ich glaube, es hat nicht nur mit Vincent zu tun.

Als ich am Donnerstag endlich wieder in den Kiosk darf, sitzt Yunus am Tresen über einem Stapel Papier.

Seine Stirn liegt in Falten, seine Augenbrauen sind zusammengezogen.

»Das Radio ist aus!«, stelle ich verwundert fest.

»Damit ich denken kann«, murmelt Yunus. Ich gehe zum Kühlregal und nehme mir ein Ayran raus.

Miri hat mich auf den Geschmack gebracht. Zugegeben, an den salzigen Geschmack und die Konsistenz musste ich mich erst gewöhnen. Aber mittlerweile kann ich mir kein besseres Sommergetränk mehr vorstellen.

»Machst du Buchhaltung?«, frage ich Yunus.

»Nee«, brummt er. »Den Führerschein.« Jetzt sieht er doch auf. »Aber das bleibt unter uns!«

»Sowieso«, sage ich.

»Miri erfährt das erst, wenn ich den Lappen habe«, sagt Yunus. »Sonst geht sie mir die ganze Zeit auf die Nerven.« Er macht eine kleine Pause. »Außerdem kann ich dann so oft durchfallen, wie ich will.«

»Du fällst nicht durch«, sage ich.

»Woher willst du das wissen?«, schnaubt Yunus und hebt zwei Aufgabenblätter in die Luft. »Davon gibt's Hunderte! Manche Fragen sind sauschwer. Hier zum Beispiel: *Wovor warnt dieses Verkehrszeichen?* Keine Ahnung! Vor einem Gartenzaun?«

Ich blicke über Yunus' Schulter.

»Das ist ein beschrankter Bahnübergang«, sage ich. So ein Schild stand in unserem Nachbarkaff. Und wenn es nicht irgendwelche lustigen Dorftrottel geklaut haben, um es über die Grillhütte zu hängen, steht es da wahrscheinlich immer noch.

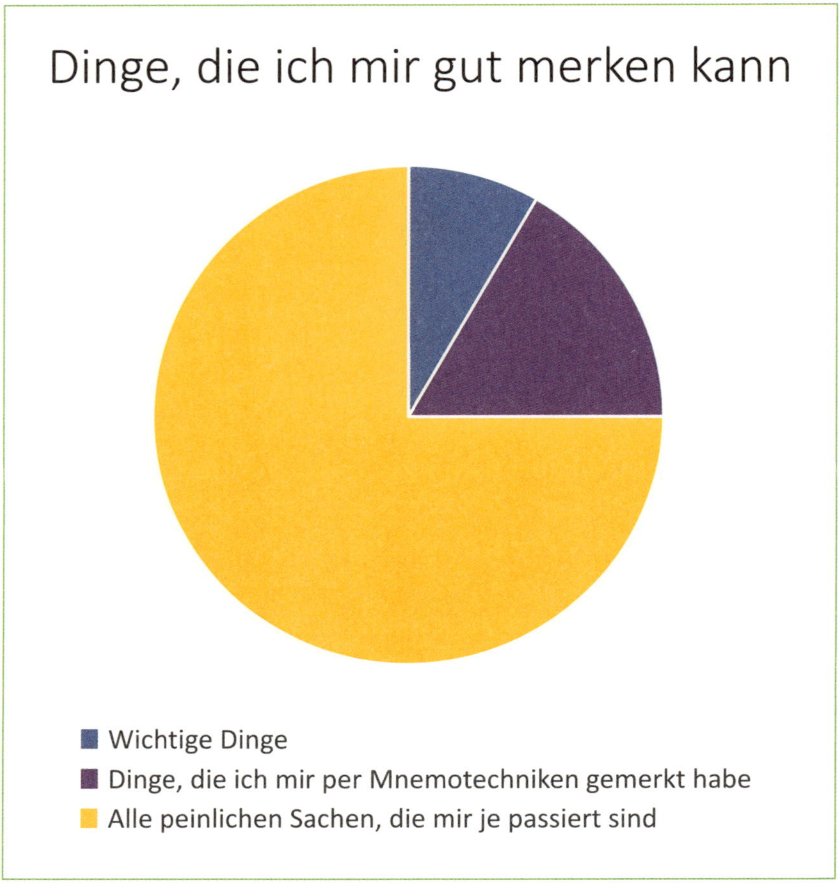

»Okay«, sagt Yunus. »Es gibt aber nicht nur Schilder! Man muss auch rechnen. Mit Formeln. Für Bremswege und so einen Scheiß. Ich weiß echt nicht, wie ich mir das alles merken soll.« Er klopft sich gegen seinen riesigen Schädel. »Mein Hirn ist ein Sieb.«

Ich setze mich neben Yunus auf den Tresen.

»Hast du schon von Mnemotechniken gehört?«, frage ich. »Damit kann man sich eigentlich alles merken.«

Eine Zeit lang haben Mama, Papa und ich jeden Samstagabend damit verbracht. Anstatt UNO und Mensch ärgere Dich nicht zu spielen – oder was eine normale Familie halt so macht. Mit den Techniken haben wir absurd lange Zahlen auswendig gelernt. Zum Beispiel die 100 ersten Nachkommastellen von Pi. Dafür muss man jeder Ziffer ein Symbol zuordnen. Dann denkt man sich eine Geschichte aus, in der die Symbole der Reihe nach vorkommen. Aber man kann das auch für Namen oder Vokabeln benutzen – und garantiert auch für die richtigen Antworten für die Führerscheinprüfung. Der Trick ist Fantasie.

Ich tippe auf das Verkehrszeichen.

»Wenn du bei dem Schild an einen Gartenzaun denkst, hast du es schon fast«, sage ich. »Stell dir vor, dass durch den Zaun ein ICE kracht. Mit aller Wucht. Nichts kann den Zug aufhalten, kein Zaun, keine Schranke … Schon bist du beim beschrankten Bahnübergang!«

Yunus beginnt zu grinsen. Er schlägt mir so fest auf die Schulter, dass ich fast vom Tresen falle.

»Lotte«, ruft er. »Ab jetzt gibt's auch für dich zwei Ayran!«

Kurz darauf packt Yunus seine Unterlagen zusammen; er muss in die Fahrschule zum Theorie-Unterricht. Im Laden ist wenig los. Noch vor ein paar Tagen hätte ich jetzt vielleicht die Gehirntraining-App angeklickt. Ich würde es zwar nie vor meinem Vater zugeben, aber manche Spiele haben mir richtig Spaß gemacht. Aber damit ist jetzt Schluss! Es gibt sowieso Wichtigeres zu tun. Im Lager finde ich eine Leiter und einen Werkzeugkoffer. Ich habe beschlossen, mir das kaputte Ä über der Tür mal genauer anzusehen.

Wahrscheinlich bin ich lebensmüde. Auf dem unebenen Bordstein kippelt die Leiter und ich stehe auf der obersten Sprosse. Mit einem lädierten Knöchel! Ich sehe mich schon verzweifelt an dem T baumeln oder mit einem komplett kaputten Fuß in der Notaufnahme sitzen. Da ist auf einmal diese Stimme zu hören.

»Soll ich festhalten?«

Unter mir steht ein Junge. Er ist etwa so alt wie ich, seine braunen Haare sind zu einem Seitenscheitel gekämmt. Außerdem trägt er ein ziemlich spießiges Polohemd in ziemlich schrillem Rot. Mehr kann ich von hier oben nicht sehen.

»Ja«, sage ich. »Das wäre nett.«

Zu meiner Überraschung lässt sich die Kunststoffverkleidung einfach so abnehmen. Die Leuchtbuchstaben brauchen auch keine besonderen Leuchtmittel! Die

Glühbirnen, die wir im Kiosk verkaufen, passen zwar nicht. Aber garantiert gibt's die richtigen im Baumarkt. Mehr muss ich nicht wissen. Langsam steige ich von der Leiter. Ich bin längst unten, aber der Junge hält die Leiter immer noch fest.

»Ich konnte dir unter den Rock gucken«, sagt er.

Einen Moment bin ich sprachlos. Mir ist nicht klar, was ich mit der Information soll. Ich meine, wenn man mich vor die Wahl stellt, ob ich lieber einem dahergelaufenen Jungen einen Blick auf meine Unterhose gewähre oder mit einem Schädelbasisbruch ins Krankenhaus eingeliefert werde, nehme ich doch die Unterhose.

»Der Rock ist ein Kleid«, sage ich nur. Dann klappe ich die Leiter zusammen und gehe zurück in den Laden. Noch vor ein paar Tagen hätte ich mich jetzt wahrscheinlich in meinem Zimmer verkrochen und in Grund und Boden geschämt. Aber irgendwie habe ich keine Lust darauf. Und mal ehrlich: Wenn das hier jemandem peinlich sein muss, dann ja wohl nicht mir. Sondern dem Unterhosengaffer.

Als Miri wenig später kommt, fragt sie gleich, wo Yunus steckt.

»Ähm«, mache ich. »Also, ich glaube, er wollte … seinen Vater besuchen.«

»Seinen Vater?«, wiederholt Miri und zieht die Augenbrauen hoch. »Alles klar. Also, Lotte, sag schon, seit wann geht er in die Fahrschule?«

Ich hebe beide Hände in die Luft, als wolle ich mich ergeben.

»Ich weiß von nichts«, murmle ich.

»Bitte, liebes Lottchen, verrat es mir«, flötet Miri. »Ich würde mich so gern ein bisschen in meinem Triumph suhlen.«

»Yunus ist mein Chef«, erinnere ich sie. »Der kann mich feuern. Wegen Vertrauensmissbrauch.«

»Pfff«, macht Miri und wirft mir einen Ayran zu. »Chefs sind total überbewertet. Meine Prognose ist, dass es bald gar keine mehr gibt. Dann gehört jeder Laden den Angestellten.«

»Hört, hört«, sage ich und hebe meinen Becher in die Luft. Im Ernst, das wäre was! Ich als Kioskbesitzerin in Kreuzberg!

Miri hat ihren Ordner zwar ausgepackt, aber sie rührt ihn nicht an.

»Kommst du hier klar?«, fragt sie wieder einmal. »Ich glaube, ich muss mal eine kleine Runde drehen. Frische Luft und so.«

Da steht sie auch schon auf.

»Grüß Yunus von mir«, rufe ich ihr hinterher. Miri guckt mich verständnislos an. Aber darauf falle ich nicht rein. Ich würde meinen Job dafür verwetten, dass sie gleich an der Fahrschule vorbeistolziert – ganz zufällig, versteht sich.

Inspiriert von Miri, gehe ich nach meiner Schicht auch ein bisschen spazieren. In einer Schaufensterscheibe entdecke ich mein Spiegelbild. Ich kann es selbst kaum glauben, aber was ich sehe, mag ich. Weniger das blaue Kleid – aber mir gefällt, wie ich die Straße entlanglaufe. Als ob ich ein Ziel hätte. Und als gäbe es keinen Zweifel, dass ich das auch erreiche. Da habe ich eine Idee. Ich könnte zu dem Supermarkt gehen, an dem ich Vincent zum ersten Mal begegnet bin. Es klingt zwar doof, aber ich habe Sehnsucht nach ihm. Bis Montag ist es noch so lange hin. (Drei Tage und damit eine halbe Ewigkeit.) In freier Wildbahn würde ich Vincent zwar niemals einfach so anquatschen. Außerhalb des Kiosks fehlt mir irgendwie die Berechtigung dazu. Mein Plan ist also folgender: Ich hocke mich auf dem Parkplatz hinter einen Busch und dann himmle ich Vincent aus sicherer Entfernung an.

Wahrscheinlich ist es Glück, dass ich den Supermarkt nicht wiederfinde. Denn im Nachhinein kommt mir mein Plan nur noch bescheuert vor. Dafür mache ich eine andere Entdeckung: Nicht mal zehn Minuten von unserer Wohnung entfernt gibt es einen Klamottenladen, in dem man nach Kilo zahlt. Wie abgefahren ist das denn, bitte? Ich muss sofort an Tante Grete denken. So was ist genau ihr Ding! Vielleicht kann ich ihr den Laden bei Gelegenheit mal zeigen. Oder noch besser, ich kaufe ihr jetzt sofort was. Wenn ich sie schon nicht in Hamburg besuche, kann ich ihr wenigstens mal ein Päckchen schicken. Ich entscheide mich für einen lila Schal, durch den sich goldene Fäden winden. Für mich finde ich auch etwas: eines von diesen Holzfällerhemden, zwei Shorts und einen schrillen Rock, rundherum bedruckt mit bunten Ananasfrüchten. Keine Ahnung, ob ich mich wirklich traue, den auf der Straße anzuziehen. Aber ich brauche den Stoff nur anzugucken und schon werde ich fröhlich. Auf einmal habe ich so gute Laune, dass ich sogar beschließe, Papa zu verzeihen. Deshalb lege ich einen kleinen Stopp beim Gemüsehändler ein. Da kaufe ich alles, was man für leckere Penne all' Arrabbiata braucht, damit wir zusammen kochen können.

Als ich mit einer vollen Tasche nach Hause komme, diskutieren Mama und Papa gerade in der Küche. Über den Flur dringen Satzfetzen zu mir. *Das Beste, die Zu-*

kunft, die Weichen werden gestellt. Ich habe den dringenden Verdacht, dass es um mein Bestes geht und meine Zukunft. Wenn hier irgendwelche Weichen gestellt werden, will ich das selbst tun. Um mehr Informationen zu sammeln, ziehe ich meine Schuhe aus und schleiche über den Flur. Ich bin gerade vor der Küchentür angekommen, da wird sie auf einmal aufgerissen. Das Türblatt fliegt mir entgegen – und stoppt direkt wieder: dank meines Schädels. Autsch. Der Schlag ist so heftig, dass ich Sternchen sehe. Ich setze mich auf den Boden. Mama schaut geschockt auf mich herunter.

»Lotte?«, fragt sie.

»Halb so schlimm«, murmle ich. Eine Gehirnerschütterung fühlt sich anders an. Mama braucht sich deswegen wirklich keine Sorgen zu machen. (Außerdem kann bei mir sowieso nicht viel erschüttert werden ...)

»Hast du gelauscht?«, fragt Mama empört. Okay. offenbar macht sie sich gar keine Sorgen. Und ehrlich gesagt, kann ich es ihr auch nicht übel nehmen. Sie hat einfach schon zu oft gesehen, wie ich mich auf die Fresse lege. Mama stemmt die Hände in die Hüften.

»Lotte, das ist nicht in Ordnung!«

Hinter ihr, inmitten all der Sternchen, kann ich Papa sehen.

»Wo warst du überhaupt so lange?«

»Unterwegs«, murmle ich.

»Unterwegs«, wiederholt Mama. »Was soll das heißen, unterwegs? Lotte, bitte sag uns, was du gemacht hast.«

Ich zucke mit den Schultern.

»Erst habe ich die Drogis in der Hasenheide besucht. Und dann war ich entspannt eine Runde S-Bahn-Surfen.«

Mama atmet schwer aus.

»Lotte, Berlin ist eine Großstadt. Eine Metropole. Hier kannst du dich nicht so bewegen wie zu Hause.«

»Ich dachte, das hier wäre jetzt unser Zuhause.«

Wie soll man daraus schlau werden? Erst wollen sie, dass ich rausgehe, mich mit der Stadt »anfreunde« wie mit einem verdammten Mitschüler. Aber jetzt, wo ich wirklich dabei bin, ist es auch nicht richtig.

»Ab heute gibst du einem von uns Bescheid, wenn du abends noch unterwegs bist«, bestimmt Mama.

»Anderer Vorschlag«, sage ich. »Trackt doch mein Handy! Papa hat in der Beziehung ja keine Hemmungen ...«

Und damit lass ich sie stehen. Auf dem Weg in mein Zimmer stoße ich die Einkaufstasche um. Fleischtomaten kullern über den Boden. Ich lass sie da, wo sie sind. Der Appetit ist mir gründlich vergangen.

Als ich am nächsten Morgen in den Kiosk komme, ist Yunus mal wieder auf 180.

»Ich dreh noch durch«, ruft er in sein Handy. »Ich schwöre dir, ich dreh noch durch.«

Was los ist, sehe ich selbst: Yunus' Vater hat neue Pakete geschickt.

»Fußmatten!«, ruft Yunus. »Was soll ich mit Fußmatten?! Ich bin doch kein verdammter Teppichhändler! ... Was? Aber bei wem soll ich mich sonst beschweren? ... Was? ... Ich will ihn aber nicht anrufen. Ich will dich anrufen.«

Yunus nimmt sein Handy vom Ohr. Mit zusammengezogenen Augenbrauen guckt er auf das Display.

»Aufgelegt«, sagt er fassungslos. »Miri hat aufgelegt.«

»Wahrscheinlich muss sie für die Uni lernen«, murmle ich.

Dabei kann ich gut verstehen, dass sie das Gespräch beendet hat. Ich hätte auch absolut keine Lust darauf, dass Yunus mir ins Ohr brüllt. Noch dazu so früh am Morgen.

»Lernen!«, ruft Yunus. »Ich muss auch lernen! Meine Theorieprüfung ist schon übernächste Woche! Und die Scheiß-Fahrschule habe ich Miri zu verdanken.« Yunus beißt sich auf die Unterlippe. »Noch zwölfmal schlafen«, murmelt er.

Ich versuche, Yunus davon zu überzeugen, dass er doch längst alles kann. »Bestimmt hundertmal habe ich dich abgefragt!«

Yunus zuckt mit den Schultern, als bedeute das nichts.

»Vorher weiß ich immer alles! Aber wenn es drauf ankommt, ist mein Kopf leer. Jedes Mal.«

Und dann erzählt er mir von seiner Prüfungsangst. Ich kann es kaum glauben. Yunus' Angst ist so extrem, dass er deshalb sogar irgendwann aufgehört hat, in die Schule zu gehen.

»Holt einen dann nicht die Polizei ab?«, frage ich.

»Hauptschulabschluss hatte ich schon«, murmelt Yunus und zuckt mit den Schultern. »Mein Vater meint, ich hätte mehr geschafft, vielleicht sogar das Abi. Aber das stimmt nicht. Ich wusste, ich schaffe keinen einzigen Test mehr.« Er holt Luft. »Deshalb weiß ich auch ganz genau, dass ich die Prüfung nächste Woche verhaue. Vor allem, wenn ich mich jetzt noch um diese Scheißteppiche kümmern muss.«

»Wenn du das wirklich ganz genau weißt, kannst du doch eigentlich entspannt sein, oder?«, frage ich. Das meine ich ernst. Aber Yunus scheint zu glauben, dass ich ihn nur provozieren will. Er wirft mir einen bösen Blick zu.

»Ich bring jetzt die Kartons zur Post«, sagt er. »Und du hältst hier die Stellung, okay?«

»Okay«, sage ich.

Als Yunus den ersten Karton aus dem Laden schiebt, überlege ich, ob diese ganzen Lieferungen vielleicht Miris Idee gewesen sind. Vielleicht hat sie sich mit Yunus' Vater abgesprochen. Damit Yunus immer wieder aufs Neue spürt – und zwar auch körperlich – wie dringend er den Führerschein braucht. Es würde zu ihr passen.

Und dann ist endlich Montag. Montag! Heute sehe ich Vincent wieder. Ich bin total gespannt, was ihm zu meinem Marshmallow-Herz einfällt. Auf jeden Fall habe ich ein paar Fun Facts zum Thema Zeit vorbereitet. Um direkt an letzte Woche anzuschließen.

Es fängt alles gut an. Und gut heißt in dem Fall: Als Vincent den Laden betritt, befinde ich mich gerade nicht im Zweikampf mit der Toilettenspülung. Ich stehe souverän hinter meinem Tresen und lächle. Das hoffe ich zumindest. (Jedenfalls habe ich meine Mundwinkel weit auseinander und nach oben gezogen.)

Eines ist allerdings sofort klar: Vincent lächelt nicht.

Er sagt weder Hallo – noch etwas zu meinem Marshmallow-Herz. Er nickt mir kurz zu, dann stellt er sich vor die Weingummi-Boxen. Einen Moment steht er einfach nur da, als hätte er vergessen, was er hier will. Dann greift er doch noch nach der Zange und beginnt viel zu hektisch, grüne Gurken rauszusuchen. Dass eine auf den Boden fällt, merkt er nicht. Oder es ist ihm total egal.

»Zehn Stück«, sagt Vincent, als er kurz darauf vor dem Tresen steht. (Vor mir!) Jetzt bin ich diejenige, die nur nickt. Offenbar spielen wir ein Spiel namens Wir-kennen-uns-nicht. Genau genommen stimmt das sogar. Wir kennen uns wirklich nicht. Trotzdem hatte ich den Eindruck, dass letztes Mal irgendwas zwischen uns war. Schon klar, es sind keine Funken gesprüht. Aber da war so eine Verbindung zwischen uns, dem Mond und Paris.

Oder habe ich mir das nur eingebildet?

Nachdem Vincent einen Euro auf den Tresen gelegt hat, zischt er auch schon wieder ab. Ratlos sehe ich ihm hinterher. Okay, denke ich, dann halt nicht. Eigentlich war meine Aktion sowieso zum Scheitern verurteilt. Ich meine, was habe ich da überhaupt versucht? Wollte ich allen Ernstes flirten? Als blutige Anfängerin? Mit jemandem, der garantiert als Vollprofi durchgeht? Yunus hatte mich doch gewarnt. Das Ganze ist mir nur noch peinlich. Vor allem die Sache mit dem Marshmallow-Herz. Ich werde Yunus bitten, mich montags nicht mehr einzuteilen. Damit ich Vincent nicht mehr begegnen muss. Nie mehr.

In dem Moment klingelt mein Handy; DANIEL leuchtet es auf dem Display. Was für ein Timing! Bestimmt will er wissen, wie es mit Vincent gelaufen ist. Und was soll ich ihm sagen? Dass ich meinen Traumtypen einfach so habe entwischen lassen? Dann hält Daniel mir garantiert eine Standpauke – und zwar zu Recht. Darauf habe ich null Bock.

Und was stand sinngemäß noch mal auf Tante Gretes Karte? Nicht gleich aufgeben, wenn ein Plan nicht aufgeht. Besser umplanen. Genau das mache ich jetzt. Ich fasse einen Entschluss, der eigentlich so gar nicht zu mir passt. Ich drücke auf »Anruf ablehnen« und nehme Yunus' Schlüssel aus der Schublade. Dann gehe ich zur Tür, drehe das Schild auf CLOSED, verlasse den

Laden, schließe gewissenhaft zweimal ab – und renne los. In die Richtung, in die Vincent verschwunden ist. (Was es in dem Moment nicht gibt: einen Plan. Wovon es dafür zwei gibt: schnelle Beine.) Ich will wissen, wohin Vincent geht. Warum er heute wie ausgewechselt ist. Außerdem bin ich davon überzeugt, dass er mir etwas schuldet: ein Danke für das Marshmallow-Herz. (Und seinen Vornamen. Den wüsste ich wirklich gern.)

Wer hätte gedacht, dass Verfolgen zu meinen Talenten gehört? Ich entdecke Vincent schon an der nächsten Straßenkreuzung und hefte mich an seine Fersen. Ich lasse so viel Abstand wie nötig – aber keinen Zentimeter mehr. Außerdem achte ich darauf, dass immer ein paar Leute zwischen uns laufen, damit er mich nicht sofort bemerkt.

Vincent läuft ziemlich schnell. Es gibt keinen Zweifel, dass er irgendwohin muss. Oder hin will. Und ich will unbedingt wissen, welcher Ort das ist. Zum ersten Mal komme ich auf die Idee, dass Vincent vielleicht eine Freundin hat. Was, wenn er auf dem Weg zu ihr ist? Und was mache ich eigentlich, wenn er gleich in irgendeinem Hauseingang verschwindet? Ich weiß nur eines: Abschütteln lasse ich mich nicht!

Nach etwa zehn Minuten kommen wir in eine ruhigere Gegend. Hier gibt es weniger Leute, hinter denen ich mich verstecken kann – aber dafür mehr Bäume. Die sind zur Tarnung auch ganz gut geeignet. Bäume haben sogar einen entscheidenden Vorteil: Wenn ich mich hinter ihnen ducke, drehen sie sich nicht gleich empört um.

»Ist es schon so weit?«

Im ersten Moment glaube ich doch tatsächlich, die Frage kommt von dem Ahorn neben mir. Doch unter dem Baum steht eine Bank und darauf sitzt ein alter Mann, der mich neugierig anschaut. Der Mann steckt von oben bis unten in beigen Klamotten, nur seine Turnschuhe sind blendend weiß.

»Ist es schon so weit?«, fragt er noch einmal.

»Ich ... ähm, ich weiß nicht?«

»Wir sollten nicht zu spät kommen!«, sagt der Mann und schüttelt entschieden den Kopf. »Das ist nicht höflich, nein.«

Keine Ahnung, zu was er nicht zu spät kommen will. Bestimmt ist er einfach nur verwirrt. Ich beuge mich zu ihm herunter.

»Kann ich Ihnen irgendwie helfen?«, frage ich direkt in sein Ohr hinein. Der Mann zuckt.

»Ich bin alt, aber nicht taub!«

»Entschuldigung«, murmle ich. Mit alten Leuten kenne ich mich nicht aus.

»Hilfe brauche ich keine«, sagt der Mann. »Aber tanzen könnten Sie mit mir.«

Tanzen? Damit kenne ich mich noch weniger aus. Ist das nicht diese Sache, bei der man sich gemeinsam bewegen muss? (Nach vorgegebenen Schrittfolgen? In etwas, das sich Rhythmus nennt?) Klingt nicht gerade so, als müsste ich das in diesem Leben noch unbedingt ausprobieren.

»Ähm, vielleicht später«, murmle ich.

Und dann mache ich, dass ich wegkomme – bevor der Alte sich für eine Runde Klammerblues an mich hängt. Und bevor Vincent mich abschüttelt. Ich sehe gerade noch, wie er in einem blassgelb gestrichenen Gebäude verschwindet. Im ersten Moment denke ich, dass es zu einer Schule gehört. Die bestehen ja oft aus mehreren Häusern, die mit Durchgängen verbunden sind. Je näher ich komme, desto mehr finde ich: Die ganze Anlage sieht total trostlos aus. Irgendwie lässt mich die Fassade an schlecht gereinigte Pissoirs denken. Als ich dann direkt davorstehe, sehe auch die Plakette neben der Tür: *Seniorenwohnheim Herbstwald.*

Ein Altersheim? Das ist das Letzte, womit ich gerechnet habe. Und was mache ich jetzt? Da dürfen doch garantiert nur Angestellte und Bewohner rein. Oder Verwandte. In dem Augenblick fährt dieses Postauto auf den Parkplatz. Eine Frau springt aus der Fahrertür, öffnet den Laderaum und beginnt, Pakete herauszuräumen. Ich muss an Yunus denken. Ob der noch bei der Post in der Schlange steht? Wie blöd bin ich eigentlich! Der schmeißt mich doch garantiert raus, wenn er vor dem geschlossenen Kiosk steht. Papa und seine bescheuerte Hirn-App haben schon recht: Konzentration ist wirklich nicht meine Stärke. Ich kann das Wichtige nicht vom Unwichtigen unterscheiden. Und mein Job ist mir wichtig! Am besten, ich haue hier sofort ab und versuche, schneller als Yunus zurück zu sein.

Ich entdecke einen Durchgang, der mich vielleicht auf einem schnelleren Weg zurück zur Straße bringt. Eine Abkürzung ist genau das, was ich jetzt brauche. Ich linse durch ein paar Fenster und kann nicht fassen, dass es in jedem Zimmer gleich aussieht. Wer hat eigentlich festgelegt, dass alte Leute alle denselben Geschmack haben? Und dass sie nichts lieber mögen als Rüschengardinen?

Es gibt nur ein Fenster, das aus der Reihe fällt. Die meisten Fensterbretter sind leer, aber dort drängt sich ein Blumentopf an den anderen und alle sehen unterschiedlich aus. Es sind noch nicht einmal alles Töpfe! Aus einer kleinen Blechgießkanne wächst irgendwas mit weißen Blüten, direkt daneben steht ein bepflanzter Gummistiefel.

Mir fällt Tante Grete ein. Das würde ihr garantiert gefallen. Ich will ein Foto für sie machen und krame mein Handy hervor. Auf der Suche nach dem besten Ausschnitt gleitet mein Blick genauer über das Fensterbrett. Da entdecke ich die Gurken. Grüne Gummigurken. Sie hängen an einer Topfpflanze wie Christbaumkugeln.

Ich habe keine Ahnung, was die Gurken da machen. Aber ich kann mir denken, wer sie dahin gehängt hat. In dem Moment, in dem sein Name in meinem Kopf auftaucht, wird der Vorhang zurückgezogen. Und da ist er wieder: Vincent. Verdammt. Unsere Blicke treffen sich. Sofort lasse ich mich ins Gras fallen. Und dann trete ich die Flucht an, auf allen vieren. Klar, dass ich dabei nicht besonders schnell bin.

Vincent hat alle Zeit der Welt, um das Fenster zu öffnen und den Kopf herauszustrecken.

»Verrätst du mir, was du da machst?«, fragt er.

»Ich hab was verloren«, murmle ich und beginne, mit beiden Händen den Boden abzutasten.

»Geld?«

Ich blicke ihn über meine Schulter an.

»Schlimmer«, sage ich. »Meine Würde.«

Vincents linker Mundwinkel zuckt kurz, dann nickt er. »Blöde Sache«, sagt er. »Am besten, ich helfe dir suchen.«

Keine Sekunde später hat er die Blumentöpfe aus dem Weg geräumt und klettert aus dem Fenster. Merkwürdig: Vorhin im Kiosk war er noch ganz anders drauf. Da hat er mich nicht einmal wahrgenommen. Schnell nehme ich eine etwas vorteilhaftere Position ein: Ich stelle mich hin, übersät von Grasflecken. »Also, wo hattest du sie zuletzt?«, fragt Vincent. Die plötzliche Nähe zu ihm sorgt dafür, dass ich nicht mehr klar denken kann.

»Wen?«, frage ich.

»Na, deine Würde!«

»Oh«, mache ich. »Also, lass mal überlegen ...« Vincent legt den Kopf kaum merklich schief. Eine total unnötige Bewegung, die unglaublich süß ist. Vor allem, wenn er dabei lächelt.

»Vorhin im Späti hatte ich sie eigentlich noch«, sage ich langsam.

»Gut.« Vincent nickt. »Im Laden, das ist ein Anfang. Und wie sieht sie aus, kannst du sie beschreiben?«

»Meine Würde?«, frage ich. »Du willst wissen, wie meine Würde aussieht?«

Vincent nickt noch einmal.

»Oder ist dir das zu ... intim?«

Wie er das Wort betont. Intim, den zweiten Vokal zieht er lang, fast bis in mein Innerstes. Und merkwürdigerweise fühlt sich das auch noch gut an. (Da kapiere

Woran man erkennt, dass jemand flirte

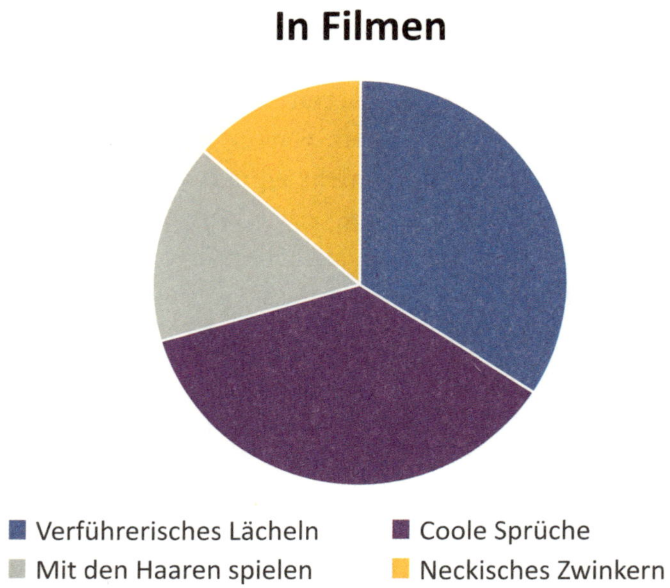

ich endlich, was er da gerade macht. Oder was wir machen. Kann das wirklich sein? Fast muss ich die Luft anhalten.)

»Kann ich dich was fragen?«

»Alles«, sagt Vincent.

»Würdest du sagen, dass wir gerade flirten?«

Einen Augenblick ist Vincent so baff, dass er gar nichts mehr sagt. Dann fängt er sich wieder.

»Ich für meinen Teil versuche es zumindest«, gibt er zu.

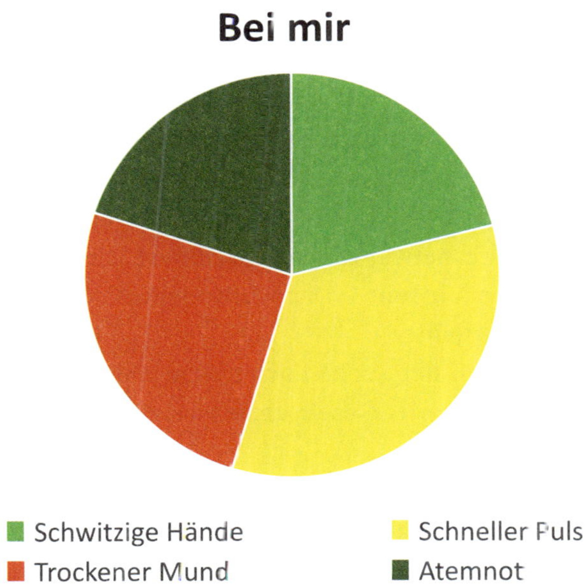

»Okay«, sage ich. »Danke, dann weiß ich zumindest Bescheid.«

Vincent legt die Stirn in Falten. Ich glaube, jetzt ist er komplett verwirrt – dabei war das gar nicht meine Absicht.

»Luke?«, ruft hinter uns eine Stimme. Könnte ich meinen Blick von Vincent abwenden, würde ich sehen, wer da ruft. Aber seine Augen halten meine fest.

»Kann ich dich jetzt auch mal was fragen?«, will er wissen.

»Alles«, sage ich und versuche, das Wort so klingen zu lassen wie Vincent vorhin.

»Ha!«, ruft er triumphierend. »Du machst es auch! Du flirtest auch!«

Ich spüre, wie ich rot werde. Weil Vincent natürlich recht hat. Ich flirte. Und am seltsamsten ist: Es kommt ganz natürlich. Ich muss mich nicht einmal groß anstrengen dafür. Ganz von allein weiß ich, was ich sagen muss. Genauso, wie ich Leute zum Lachen bringe.

»Du wolltest etwas fragen?«, erinnere ich ihn.

»Ja«, sagt Vincent. »Das wollte ich. Also, was zur Hölle treibst du hier?«

»Ich bin auf der Suche nach einem Ehrenamt«, behaupte ich. »Um der Gesellschaft was zurückzugeben, du weißt schon.«

Ungläubig zieht Vincent die Augenbrauen nach oben. Ehrlich gesagt, meine Antwort überrascht mich selbst. Weil sie so genial ist. Ein richtiger Geistesblitz.

»Luke! Ich will nicht zu spät kommen!«

Einen ganz ähnlichen Satz habe ich heute schon einmal gehört. Irgendwie gelingt es mir, mich von Vincents Blick zu lösen. Ich sehe an ihm vorbei, in Richtung Fenster. Eine runzelige Frau guckt heraus, auf ihrem Kopf sitzt ein schneeweißer Dutt wie eine Krone. Mit der einen Hand hält sich die Frau am Fensterrahmen fest.

»Luke!«

»Schon unterwegs«, sagt Vincent und fasst meine Hand.

Ein Glück, dass Vincent nicht das Fenster ansteuert. Ohne Hilfe wäre ich da nie hochgekommen. Die alte Frau hätte von oben ziehen müssen. Und Vincent von unten schieben. Ich korrigiere mich: Luke. Er heißt Luke. Nie wäre ich auf Luke gekommen. Um mich daran zu gewöhnen, buchstabiere ich den Namen ein paarmal. L U K E.

Luke lässt meine Hand nicht los. Wir laufen einen ewig langen Gang entlang, aber er hält mich fest. (Oder kleben wir zusammen? Weil ich vor Aufregung so schwitze?) Luke lässt sich nichts anmerken.

»Kannst du tanzen?«, fragt er mit einem Seitenblick. »Also, Standard?«

»Klar«, sage ich, »nur Fliegen und Übers-Wasser-Laufen kann ich noch besser.«

Luke lächelt mich an. Ich hoffe sehr, dass er Ironie versteht. Wir nähern uns einer Tür, vor der eine Frau im weißen Kittel steht. Aus dem Raum hinter ihr erklingt Musik. Das müsste Walzer sein. Ich sehe mich schon die komplette Inneneinrichtung demolieren – im Dreivierteltakt. Zu meiner großen Erleichterung läuft Luke geradewegs an der Tür vorbei. Die weiß gekleidete Frau hält ihn am T-Shirt fest.

»Es geht gleich los!«, murrt sie.

»Weiß ich doch, Florence«, sagt Luke. »Wir holen nur Oma Blume ab.« Als wir fast um die Ecke sind, dreht er sich noch einmal um. »Übrigens wäre ich etwas netter zu mir! Ich habe euch gerade eine neue Ehrenamtliche besorgt.«

»Du hast mich nicht *besorgt*«, sage ich. »Ich mag alte Leute. Auf die Idee, hier mitzuhelfen, bin ich allein gekommen.«

»Okay«, sagt Luke mit gesenkter Stimme. Er kommt mir so nah, dass ich seinen Atem spüre. »Könnten wir wenigstens so tun, als ob? Bei Florence brauche ich jeden verfügbaren Stein im Brett. Sie entscheidet, wer wie viel Kaffee kriegt.«

»Hmm«, mache ich. »Und was bekomme ich dafür?«

Luke grinst mich an. Da merke ich: Ich tue es schon wieder. Flirten.

»Wie wäre es mit einer Last-Minute-Tanzstunde?«

Ich runzle die Stirn.

»Jetzt?«

Luke nickt.

»Hier?«

Luke nickt wieder.

»Du willst mir hier auf diesem Flur Tanzen beibringen?«

Da hat Luke mich schon geschnappt. Mit der linken Hand hält er meine rechte. Die andere legt er auf meinen unteren Rücken.

»Ich schlage Discofox vor«, sagt er. »Supereinfach und superbeliebt – zumindest bei den Leuten hier.«

Dann bringt er mir tatsächlich Discofox bei. Zugegeben, es ist nicht besonders schwer: zwei Schritte zurück, einmal auftippen, zwei Schritte vor, einmal auf-

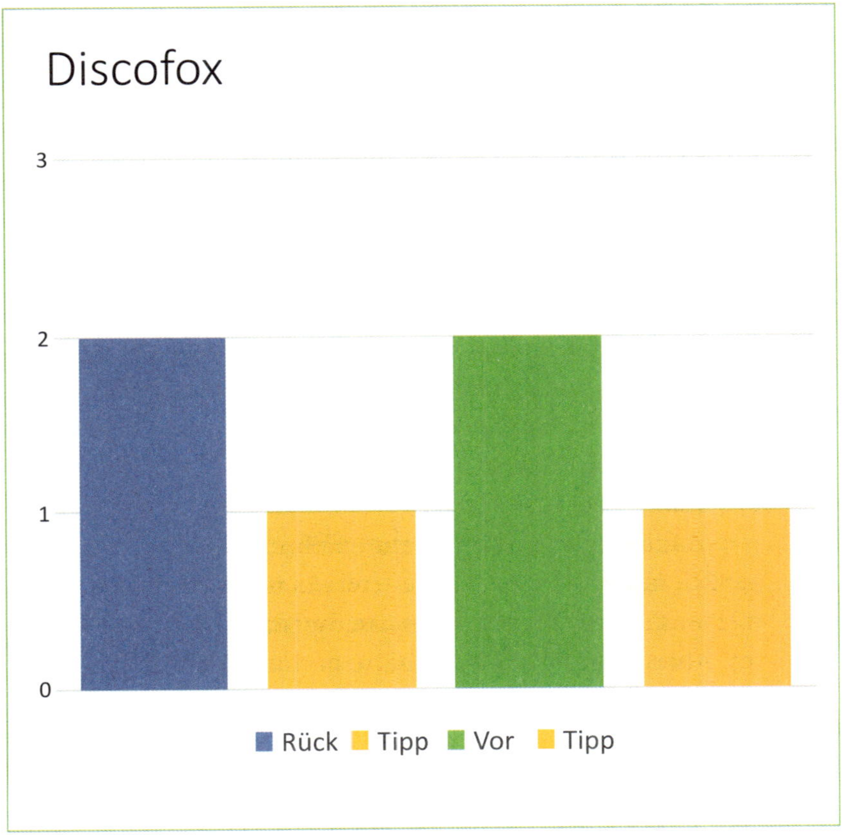

tippen. Die ganze Zeit über spricht Luke leise in mein Ohr: rück, rück, tipp, vor, vor, tipp. Ich habe es ziemlich schnell drauf – glaube ich zumindest. Bis Luke sagt: »Und jetzt noch mal im Takt.« Und dann soll ich ihm auch noch in die Augen gucken. Aber das ist zu viel für mich. Also starre ich den Gang entlang und sehe, wie ein paar Meter weiter eine Tür aufgeht.

»Ich glaube, da kommt jemand«, flüstere ich. Mir ist schon klar, dass wir nichts Verbotenes tun. Aber irgendwie will ich trotzdem nicht, dass uns jemand sieht. Ich meine, ich bin Luke gerade näher, als ich je einem Jungen war. (Daniel-Umarmungen zählen nicht.) Den Moment möchte ich ungern mit anderen teilen. Aber natürlich kann ich nichts dagegen tun. Die Tür fliegt auf und ein Rollstuhl düst heraus. Mit enormem Tempo fährt das Ding den Gang entlang – geradewegs auf uns zu. Im letzten Moment reiße ich Luke zur Seite und drücke ihn an die Wand. Und schon bin ich ihm noch näher. So nah, dass ich spüre, wie sich seine Brust hebt und senkt. Das fühlt sich so ... lebendig an.

»Hallo«, sagt Luke leise.

»Hallo«, sage ich. Und dann gehe ich einen Schritt zurück und gebe Luke wieder frei. Es wäre eine Übertreibung zu behaupten, ich hätte ihm das Leben gerettet. Aber einen blauen Zeh hätte er auf jeden Fall riskiert. Als der Rollstuhl kurz hinter uns abbremst, sehe ich, wer darin sitzt: die Frau mit dem Kronendutt.

»Luke!«, ruft sie, von Reue keine Spur. »Wir kommen zu spät!« Aber Luke geht nicht darauf ein.

»Oma Blume«, sagt er. »Darf ich dir Hanna vorstellen?«

Einen Moment lang verstehe ich nur Bahnhof. Hanna? Wer ist bitte schön Hanna? Luke zwinkert mir zu. Da macht es Klick. Er hat mir auch einen Namen gegeben! So wie ich ihm. Hanna ... sehe ich wirklich aus wie eine Hanna? Zart und bodenständig zugleich? Ich nehme es als Kompliment. Trotzdem verrate ich ihm, dass ich eigentlich Lotte heiße.

»Lotte?«, fragt Luke.

»Lotte Maria Grün.«

Luke legt den Kopf schief.

»Bist du dir sicher? Ich meine, hast du schon mal einen Blick auf deine Geburtsurkunde geworfen? Ich war mir ganz sicher, dass du Hanna heißt.«

»Nein«, sage ich »Ich bin und war schon immer eine Lotte. Mit Doppel-T.«

»Hm«, macht Luke und zwinkert kurz. Er dreht sich wieder zu Oma Blume um.

»Oma Blume, darf ich dir Lotte vorstellen?«

Ein Hauch Zärtlichkeit schleicht sich in das Gesicht der alten Frau.

»Ein schöner Name«, sagt sie fast versöhnlich. »Der Name meiner besten Freundin. Luiselotte.«

»Oh«, mache ich. »Wohnt sie auch hier?«

»Nein«, sagt Oma Blume. Ihr Mund wird zum Bleistiftstrich. Luke wirft mir einen vielsagenden Blick zu.

»Oh«, mache ich noch einmal. »Dann ist sie nicht mehr–? Also, dann ist sie schon–?«

»Schon?«, fragt Oma Blume. »Dann ist sie schon was?«

Hilfe suchend blicke ich Luke an. Aber der zuckt nur mit den Schultern.

»Von uns gegangen?«, krächze ich.

Luke und Oma Blume wechseln einen Blick. Dann prusten sie los. Alle beide. Oma Blume kriegt sich gar nicht mehr ein, eine Lachträne rollt ihr über die Wange. Verdattert sehe ich zwischen den beiden hin und her. Ich weiß wirklich nicht, was daran so witzig ist. Außerdem: Eben wollte sie Luke noch mit ihrem Rollstuhl plattmachen und jetzt sind sie ein Herz und eine Seele? Ich verstehe gar nichts mehr.

»Es ist die Formulierung«, erklärt Luke. »*Von uns gegangen!* Die ist einfach total blöd.«

Oma Blume zieht ein Taschentuch aus ihrer Bluse und tupft sich die Wangen trocken.

»Der Tod ist ja auch was Blödes«, sagt sie. »Also passt es eigentlich. Trotzdem würde ich das nie sagen. Denn wer tot ist, der geht nicht. Der wird getragen.« Sie greift Lukes Unterarm.

»Luke, wenn ich den Löffel abgebe, dann sollen die Leute sagen: Sie wurde von uns getragen! Merkst du dir das?«

Luke nickt, auf einmal wirkt er wieder verändert. Angespannt. So wie vorhin im Kiosk. Aber es hält nicht lange an.

»Ich kann ja jetzt schon nirgendwo mehr hingehen«, murmelt Oma Blume. »Wie soll ausgerechnet der Tod das besser machen?«

Der Rollstuhl setzt sich in Bewegung. »Worauf wartet ihr?«, ruft sie und düst voran.

Ich kann es selbst kaum glauben, aber tanzen gefällt mir. Sobald Musik läuft, scheint mein Körper zu vergessen, wie ungeschickt er ist. Bestimmt hilft es, dass ich mir diese Schrittfolge leise zuflüstere. Fast wie ein Mantra. Rück, rück, tipp, vor, vor, tipp. Mit Luke tanze ich kein einziges Mal. Er ist vollends mit Oma Blume beschäftigt, die im Rollstuhl ihre Kreise dreht. Auch die anderen Frauen sind scharf auf Luke – was bei dem Herrenmangel hier kein Wunder ist.

»Die sterben uns alle aus«, verrät mir eine Frau im rosa Glockenrock, die mich gleich zweimal hintereinander auffordert. Überhaupt tanzen hier viele Frauen miteinander. Meiner Meinung nach sehen diese Pärchen besonders schön aus. Weil sie sich alle schick gemacht haben, gibt es viel Stoff, der elegant mitschwingt. Ich entdecke den alten Mann von der Bank und tanze auch mit ihm eine Runde. Allerdings scheint er sich schon nicht mehr an mich zu erinnern. Wann immer sich Lukes und mein Blick treffen, zwinkert er mir zu. Das fühlt sich an, als wären wir geheime Verbündete. Ich weiß nur nicht, in was. Oder warum. Schön ist es trotzdem. Unglaublich schön. Nach einer Stunde wird der Stecker gezogen. Ohne Vorankündigung verstummt die Musik. Schwester Florence schiebt den Servierwagen heraus, dann werden die Fenster zum Lüften geöffnet.

»Die Pokerfrauen brauchen den Raum«, erklärt Luke. Missmutig rollt Oma Blume zur Tür. Offenbar ist sie kein Fan von Kartenspielen. Wieder im Flur drückt Luke ihr einen Kuss auf die Wange. »Bis nächste Woche«, murmelt er. Es klingt wie eine Beschwörung.

»Wenn der liebe Herrgott keine anderen Pläne mit mir hat«, sagt Oma Blume. Auf Lukes Stirn erscheint eine Falte.

»Ich dachte, du glaubst nicht an Gott«, sagt er.

»Tu ich auch nicht«, gibt Oma Blume zurück. »Aber ich hab auch nicht an Laktose-Intoleranz geglaubt … Bis ich die Milch mal weggelassen habe.«

Luke drückt ihr noch einen Kuss auf die andere Wange. Dann ruft Florence nach ihm, er soll ihr helfen, die Stereoanlage in einem Schrank zu verstauen. Als Luke wieder im Raum verschwunden ist, winkt Oma Blume mich zu sich herunter.

»Du hast es wahrscheinlich nicht gemerkt«, sagt sie. »Aber zuerst konnte ich dich nicht leiden.«

Keine Ahnung, was ich darauf antworten soll. Also sage ich nichts. Oma Blume seufzt.

»Jedenfalls habe ich meine Meinung geändert«, sagt sie. »Du darfst ihn mir ruhig wegnehmen.«

»Wen?«, frage ich.

Oma Blume sieht mich an, als sei ich schwer von Begriff. Da dämmert es mir.

»Luke? Aber ich will Ihnen Luke doch gar nicht wegnehmen.«

»Der Junge ist eine gute Partie!«, ruft Oma Blume viel zu laut. Ich glaube, sie ist beleidigt.

»Natürlich«, sage ich schnell, um sie zu beschwichtigen. »Das glaube ich sofort.«

»Aber?«

»Aber ich weiß ja nicht mal, ob er eine Freu–«

»Hat er nicht«, unterbricht mich Oma Blume. »Luke ist solo.«

Diese Information bringt mich unweigerlich zum Lächeln. Und schlimmer noch: Ich kann gar nicht mehr aufhören damit. Oma Blume betrachtet mich zufrieden.

»Na also«, sagt sie. »Der Junge kommt viel zu oft hierher. Macht sich zu viele Sorgen um mich. Will wissen, wie es mir geht. Wie es meinen Beinen geht. Na, wie soll es mir schon gehen? Schlecht. Und meinen Beinen? Auch schlecht. Die vielen Fragen werden das nicht ändern.«

»Das ist bestimmt nur gut gemeint«, sage ich.

»Das weiß ich selbst!«, mault Oma Blume. »Und ich freu mich ja auch, wenn der Junge kommt. Aber wie soll man da bitte schön in Ruhe sterben? Wenn man so netten Besuch kriegt jede Woche, wenn man einfach nicht losgelassen wird?«

Ich weiß nicht, was ich sagen soll. Da taucht Luke zum Glück wieder auf.

»Ich hab noch gar nicht gefragt, ob es deinen Beinen besser geht«, sagt er. Oma Blume schüttelt nur den Kopf. Dann drückt sie auf einen Knopf an ihrem Rollstuhl und düst los.

Der Tanztee war richtig toll. Aber noch ein klitzekleines bisschen toller ist, dass Luke und ich danach zusammen nach Hause laufen. Zumindest das erste Stück.

»Manchmal würde ich gern in ihren Kopf gucken«, sagt Luke. »Heute Mittag hat sie mich angerufen und gesagt, ihre Schmerzen sind so schlimm, dass sie auf keinen Fall tanzen kann. Und dann hat sie doch mitgemacht ...« Er sieht mich von der Seite an. »Vielleicht lag es an dir?«

Ich zucke mit den Schultern. Jetzt weiß ich wenigstens, warum Luke im Laden so seltsam drauf war. Er wollte so schnell wie möglich zu Oma Blume. Darf ich ihm irgendwas von dem erzählen, das sie mir im Vertrauen gesagt hat? Und würde es ihn nicht verletzen, dass sie ihm einfach so wegsterben will? Falls sie das überhaupt ernst gemeint hat. Ich beschließe, mich vorsichtig heranzutasten. Erst einmal ein paar Fakten sammeln.

»Wie lange lebt deine Oma schon in dem Seniorenheim?«, frage ich.

»Eigentlich ist sie gar nicht meine Oma«, sagt Luke.

»Aber warum –«

»Warum ich sie dann besuche? Freiwillig?«

Ich nicke zögerlich. Luke grinst.

»Weil ich es auf ihr Erbe abgesehen habe«, sagt er. »Es geht hier immerhin um fünf Topfpflanzen, zwei

Zierkissen und einen röhrenden Hirsch in Öl. Wer will das nicht?«

Ich muss lachen.

»Ganz ehrlich?«, fragt Luke. »Sie ist so was wie meine Adoptiv-Oma. Meine Eltern haben früher zwei bis drei Jobs gleichzeitig gemacht. Immer, wenn sie weg waren, durfte ich runter in die Wohnung von Frau Blume. Da gab's die Simpsons und dieses geniale Eis in der Plastikröhre, das man so hochschiebt.«

»Das erklärte Lieblingseis meines Vaters«, sage ich.

»Cooler Vater«, meint Luke.

Er macht eine kleine Pause, dann erzählt er weiter. »Als mein kleiner Bruder geboren wurde und alle noch weniger Zeit hatten, hat Oma Blume mich manchmal übers Wochenende mit in ihren Schrebergarten genommen. Lotte, ich schwöre, da ist alles gewachsen. Vor allem hat Oma Blume Gurken gezogen. Die hat sie dann in Essig eingelegt. Mit Kümmel.« Luke schüttelt sich. »Eigentlich voll eklig. Aber das war voll ihr Ding.«

»Deshalb die Gummigurken?«, vermute ich.

Luke nickt.

»Die Bewohner dürfen aus irgendeinem bescheuerten Grund kein Gemüse anpflanzen. Nur Zierblumen.« Er zuckt mit den Schultern. »Also häng ich ihr die Gummigurken vors Fenster. Als Dank für die Millionen Eisportionen.« Luke lacht. »Oma Blume mag die Gummigurken total. Dabei sind die echt scheiße für ihr Gebiss. Ich schwöre, einmal hat sie den Mund nicht mehr aufgekriegt.«

Luke tippt mir auf die Schulter.

»Und was ist mit dir, Lotte?«, fragt er. »Was muss ich über dich wissen? Dass Supermarktpoller dich magisch anziehen, ist mir bekannt.«

Also erinnert er sich doch noch an unsere erste Begegnung! Ich bin so perplex, dass ich beinahe wieder gegen einen Poller laufe.

»Keine Ahnung«, murmle ich. »Eigentlich muss man über mich gar nichts wissen. Ich habe keine geheimnisvolle Adoptiv-Oma, keinen kleinen Bruder, nicht mal einen Hamster. Ich bin also wirklich langweilig.«

»Und eine ganz schlechte Lügnerin«, sagt Luke mit einem Zwinkern in der Stimme. »Das hab ich schon mal abgespeichert. Sonst noch was, das man wissen sollte?«

Ich zucke mit den Schultern.

»Verstehe«, sagt Luke. »Du willst, dass ich es selbst rausfinde. Alles klar, Auftrag angenommen.« Er hebt kurz die Hand, dann biegt er ab in eine Häuserschlucht.

Mir bleibt nichts anderes übrig, als ihm verdattert hinterherzusehen. Und mich zu fragen: Ist das alles eben wirklich passiert?

Miri sitzt neben ihrem Motorrad in der Abendsonne. Als sie mich sieht, springt sie auf.

»Lotte!«, ruft sie. »Yunus holt gerade den Ersatzschlüssel bei seinem Vater. Er ist stinksauer! Und dieses Mal kann ich ihn sogar verstehen.«

Der Laden! Verdammt, der ist ja immer noch zu! Das hatte ich echt komplett vergessen.

»Was ist denn passiert?«, fragt Miri.

Ich zucke mit den Schultern.

»Nichts«, murmle ich. »Alles. Ich … ich glaube, ich habe mich verliebt.«

»Hm«, macht Miri. Sie sieht mich aufmerksam an. »Ich verstehe nicht … Waren wir an dem Punkt nicht schon?«

»Nee«, stelle ich klar. »Bis jetzt habe ich nur geschwärmt. Aber jetzt weiß ich, dass es mehr ist. Viel mehr.« Ich spüre, wie sich ein Grinsen in meinem Gesicht ausbreitet. Trotz meines schlechten Gewissens. Aber ich kann einfach nicht anders. Ich bin ein besoffenes Honigkuchenpferd. Denn auf einmal liegt es nicht mehr völlig in der Sphäre des Unmöglichen, dass ich vielleicht irgendwann in nicht allzu ferner Zukunft einen Freund habe. Oder zumindest jemanden küssen werde. Das wäre auch schon eine Menge.

»Ich mach das mit dem Laden irgendwie wieder gut«, verspreche ich. »Ich lass mir was einfallen.«

Miri seufzt.

»Mir würde es reichen, wenn du einfach endlich aufschließt. Keine Ahnung, wann Yunus zurückkommt«, murmelt Miri. »Und ich brauche einen Drink.«

»Natürlich«, sage ich.

Ich greife in meine linke Hosentasche. Ich greife in meine rechte Hosentasche. Beide sind leer.

Meine Würde hab ich zwar wieder. Aber jetzt ist der verdammte Schlüssel weg. Und so wie Miri mich anguckt, weiß ich echt nicht, was schlimmer ist.

»Er heißt Luke? Wie Luke Skywalker?«

Wie immer halte ich Daniel auf dem Laufenden. Aber seine Reaktion ist nicht ganz die, die ich mir erhofft hatte.

»Das ist alles?«, frage ich. »Willst du mir nicht sagen, dass ich das alles gut hingekriegt habe?«

»Lotte, du hast das gut hingekriegt«, leiert Daniel herunter wie der schlechteste Schauspieler der Welt.

»Haha«, mache ich und bin kurz davor, aufzulegen. Ich hatte erwartet, dass Daniel sich für mich freut. Schließlich höre ich mir seit Jahren seine amourösen Erfolgsgeschichten an. Einen Moment ist Stille. Dann räuspert Daniel sich.

»Lotte?«

»Ja?«

»Lotte, es tut mir leid. Ich ... Wahrscheinlich habe ich Angst, ersetzt zu werden. Und dann auch noch von einem Jedi-Ritter!«

Ich atme tief durch.

»Mann, Daniel«, sage ich leise. »Wie viele Freundinnen hattest du, seit wir uns kennen?«

»Keine Ahnung.«

»Fünf.«

»Laura Häusle zählt nicht«, protestiert Daniel. »Du weißt, dass Laura Häusle nicht zählt. Sie hat mich nur einmal geküsst –«

»– in einem Schrank, ich weiß.«, vervollständige ich Daniels Satz. »Eure Zahnspangen haben sich dabei verhakt und dann musstest du auch noch ganz dringend pinkeln. Dann waren es eben vier. Die entscheidende Frage ist aber doch: Wie viele Freunde hatte ich in der Zeit?«

Daniel antwortet nicht. Er ist dafür zu höflich.

»Null«, sage ich deshalb. »Und das ist auch in Ordnung, weil es nicht auf die Quantität ankommt. Aber ich weiß eben aus Erfahrung: Das alles bedeutet nicht, dass du ersetzt wirst.«

Daniel gibt ein Geräusch von sich, aber ich bin noch nicht fertig.

»Glaub mir, bester Freund – das ist doch ein ganz anderer Job. Ich muss dich zum Beispiel nicht nackt sehen. Oder dich küssen, wenn du dir einen Döner reingezogen hast. Oder dich umarmen, wenn du nach dem Joggen nur so triefst. Daniel, ich muss nicht einmal zu jeder deiner verdammten Theateraufführungen kommen. Ich ziehe mir die Premiere rein und damit ist meine Pflicht getan.«

»Okay«, murmelt Daniel. »Ich hab's kapiert. Also, ich weiß ja nicht, ob du es jetzt überhaupt noch hören willst –«

Daniel bricht ab.

»Oh, glaub mir, ich will es hören!«, rufe ich. »Und wie ich es hören will.«

»Also, hier kommt's«, sagt Daniel und räuspert sich noch einmal. »Lotte, ich bin echt beeindruckt, wie du das mit dem Typen heute gemacht hast. Ich

meine, du hattest natürlich auch ein gutes Vorbild ...«
Ich muss lachen.

»Im Ernst. Ich wette, dass dieser Vincent-Luke dir schon komplett verfallen ist. Und falls nicht, ist es nur eine Frage der Zeit.«

»Okay«, sage ich. »Das reicht. Ganz so dick musst du auch nicht auftragen.«

»Ich meine das wirklich ernst«, beharrt Daniel. »Mit dir an seiner Seite kann sich jeder glücklich schätzen.«
»Jetzt hör auf«, sage ich gerührt.

An dem Abend schlage ich Mama und Papa dann wirklich vor, dass wir zusammen kochen. Die Zutaten für die Arrabbiata haben wir ja schon da. Die beiden sind von der Idee sofort begeistert. Und als wir zusammen in der Küche stehen, fühlt es sich fast wie früher an. Leicht und vertraut. Bis Papa beim Kräuterwaschen doch tatsächlich auf die Aufnahmeprüfung für seinen Hochbegabten-Verein zu sprechen kommt. Die ist schon in weniger als drei Wochen und findet praktischerweise in Potsdam statt. Papa schlägt deshalb einen »kleinen, feinen Familienausflug« vor. Ich bin so baff, dass ich ihn gar nicht stoppen kann. »Morgens der Test, dann lecker Mittagessen und danach vielleicht das Schloss besichtigen?« fragt Papa. »Na, Lotte, was sagst du dazu?«

Ich sage gar nichts. Wortlos gehe ich aus der Küche.

Am nächsten Tag habe ich die Nachmittagsschicht. Der Schlüssel ist natürlich nicht wieder aufgetaucht, ab jetzt müssen wir den Ersatzschlüssel nutzen. Weil ich vermute, dass Yunus weiterhin sauer auf mich ist, bin ich überpünktlich. (Zugegeben, die Einschleim-Nummer ist durchschaubar. Doch das macht sie nicht weniger erfolgreich.) Yunus stellt mir ungefragt einen Kaffee auf den Tresen.

»Du, noch mal wegen gestern –«, beginne ich. Yunus wischt den Satz mit einer Handbewegung weg.

»Gestern war gestern«, sagt er. »Hauptsache, das passiert nicht wieder. Erst recht nicht freitag- oder samstagnachts!«

»Nachts darf ich sowieso nicht arbeiten«, sage ich. »Das Jugendschutzgesetz –«

»Umso besser«, unterbricht mich Yunus. Er greift nach seinem Fahrradhelm. »Ich muss los. Heute fahre ich zum ersten Mal.« Yunus wirft mir einen bedeutungsvollen Blick zu. »Auto.«

»Ja«, erwidere ich ruhig. »Auto. Das dachte ich mir schon.«

Erst jetzt merke ich, wie aufgeregt Yunus ist. Sein rechtes Augenlid zuckt.

»Das ist keine Prüfung, Yunus«, sage ich und lege ihm die Hand auf den tätowierten Arm. »Nur eine Unterrichtsstunde.«

Yunus nickt.

»Es gibt keinen Grund, nervös zu sein.«

Yunus nickt wieder.

»Selbst bei einer Prüfung brauchst du eigentlich nicht nervös zu sein. Ich meine, schlimmstenfalls fällst du durch. Dann probierst du es eben noch mal! ... Wobei, ein bisschen Aufregung ist natürlich gut für die Konzentration. Dann werden nämlich Hormone ausgeschüttet, die dafür sorgen, dass – ach, egal.« Ich tätschle Yunus' Arm. »Du machst das schon.«

Kaum ist die Tür hinter Yunus zugefallen, ziehe ich den Radiostecker. Dann mache ich es mir hinter dem Tresen gemütlich. Miri taucht nicht auf. Davon einmal abgesehen, vergehen zwei typische Stunden im Kiosk. Die Kaffeesahnefrau kauft Kaffeesahne und jede Menge anderes Zeug, ein paar Kinder wollen Eis, ein Touripaar fragt nach der U-Bahn und der Paketdienst versucht, mir zwei große Kartons anzudrehen, in denen garantiert Teppiche oder Lampen sind. Ich verweigere die Annahme.

»Wer sich freiwillig hinter ein Lenkrad setzt, ist verrückt!« Bevor ich Yunus sehe, höre ich seine Stimme. Ich bin zwischen den Regalen mit dem Knabberzeug abgetaucht. Schon seit einer Weile versuche ich herauszufinden, inwieweit sich eine Anordnung von Chipstüten auf deren Verkauf auswirkt.

»So schlimm?«, frage ich.

»Schlimmer«, sagt Yunus. Er angelt sich einen gefrorenen Schokoriegel aus der Gefriertruhe. Zwei Bisse und er hat das Ding verschlungen. Die Fahrstunde muss wirklich anstrengend gewesen sein. Ich will Yunus gerade fragen, was passiert ist, als Luke in den Laden spaziert. L U K E.

Mir fällt eine Chipstüte aus der Hand.

»Es gibt keinen Grund, nervös zu sein«, murmelt Yunus und stellt die Tüte wieder ins Regal. Amüsiert lehnt er sich an die Wand und blickt von mir zu Luke. Der geht geradewegs auf mich zu. Kaum zu glauben, aber Luke lässt die Weingummi-Boxen doch tatsächlich links liegen. Heute hat er nur Augen für mich. Mir wird warm. Als er mir direkt gegenübersteht, streicht er sich die Strähnen aus dem Gesicht. Sein Mund ist leicht geöffnet und bevor er etwas sagt, tippt er mit seiner Zungenspitze einmal gegen seine Schneidezähne. Es ist schwer zu beschreiben. Aber in dieser kleinen Bewegung steckt irgendetwas, dass mich noch mehr zu ihm hinzieht. Ganz körperlich.

»Ich hab dir was mitgebracht«, sagt Luke.

Er stellt eine kleine Plastiktüte auf den Tresen. Prall gefüllt mit Marshmallow-Herzen.

»Von der Konkurrenz?«, brummt Yunus.

Luke tut, als habe er ihn nicht gehört. Vielleicht hört er ihn aber auch wirklich nicht. Kann schon sein, denn wenn einer nur Augen für mich hat, hat er vielleicht auch nur Ohren für mich. Aber … was ist dann mit dem Mund, ist der auch für mich? Der Gedanke lässt mich rot werden. Das Merkwürdige daran: Zum ersten Mal ist mir total egal, ob man das bemerkt – ob Luke das bemerkt. Über den Punkt sind wir irgendwie hinaus.

»Wann hast du Schluss?«, fragt Luke.

»Jetzt«, sagt Yunus und löst sich von der Wand. »Sie hat genau jetzt Schluss.«

Ich blicke zur Berlin-Uhr. Eigentlich müsste ich noch zwei Stunden arbeiten. Irritiert schaue ich Yunus an, aber der nickt nur.

»Haut bloß ab«, sagt er. »Dann kann ich auch das Radio wieder anmachen.«

Dieses Mal greife ich nach Lukes Hand. Dann rennen wir los. Als hätten wir was verbrochen. Yunus' Laden ausgeraubt. Ich glaube, ich bin noch nie so schnell gelaufen. (Und war noch nie so glücklich dabei.)

Keine Ahnung, was die Leute von uns denken. Es ist mir auch egal. In dem Moment ist mir alles egal. Ich könnte ewig so weiterlaufen, den Mehringdamm entlang, rauf auf die Autobahn, zu sämtlichen Städten von Yunus' Uhren, von mir aus sogar bis zum Mond und wieder zurück.

Leider macht mir meine Kondition einen Strich durch die Rechnung. Irgendwann bin ich so außer Puste, dass ich anhalten muss. Ich stütze mich an einer Hauswand ab und atme. Luke steht vor mir, die Haare hängen ihm wild ins Gesicht, er sieht auch ziemlich fertig aus. Wir atmen, als wären wir einen Marathon gelaufen.

»Geht's?«, fragt Luke.

Ich nicke. Meine Atemzüge sind wieder länger, auch mein Puls verlangsamt sich. Luke macht einen Schritt auf mich zu. Er streicht mir eine Strähne aus dem Gesicht. Sie fällt direkt wieder zurück. Luke versucht es noch einmal, aber die Strähne will einfach quer über meiner Nase liegenbleiben. Luke zuckt mit den Schultern.

»Geht auch so«, murmelt er und kommt noch einen Schritt näher. Und dann spüre ich seine Lippen auf meinen. Ganz zart nur, es ist ein gehauchter Kuss. Als ich merke, dass Luke sich schon zurückziehen will, schnappe ich ihn mit beiden Armen. Das kann es

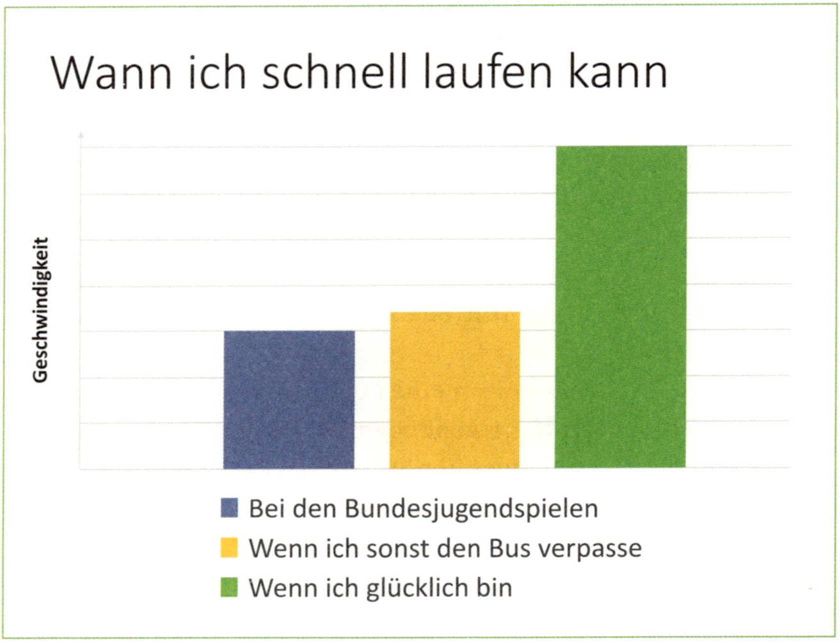

nicht gewesen sein! Ich halte ihn fest. Und dann tippt seine Zungenspitze zur Abwechslung mal gegen meine Schneidezähne.

Es ist mein erster Kuss. Und wenn ich ehrlich bin, haut mich das Küssen selbst gar nicht um. Was mich allerdings mehr als umhaut, ist, dass ich Lukes Haut spüren, ihn riechen kann. Leider schaltet sich mein Hirn dabei nicht ab. (Vielleicht habe ich es zu viel trainiert?) Jedenfalls analysiere ich jede unserer Bewegungen, wer wann wie Luft holt. Das merkt auch Luke.

»Alles in Ordnung?«, flüstert er.

»Ja«, sage ich. »Das ist nur ... ziemlich neu für mich.«

»Für mich auch«, sagt Luke leise.

Moment. Was? Verarschen kann ich mich alleine. Ich löse mich aus Lukes Umarmung.

»Wie bitte?«, frage ich. »Du behauptest ernsthaft, du hättest noch nie geküsst!«

Betreten verzieht Luke den Mund.

»Doch, klar«, sagt er. »Aber dich noch nicht.«

Luke legt seinen Kopf ein wenig schief. »Und ... ich würde es gern noch einmal tun«, sagt er. »Also, wenn ich darf.«

(Er darf. Allerdings nur ausnahmsweise.)

Natürlich bleibt es nicht dabei. Von wegen ausnahmsweise! In den nächsten Tagen küssen Luke und ich uns verdammt oft. Von Mal zu Mal macht es mehr Spaß. Irgendwann wechselt mein Gehirn in eine Art Standby-Modus und dann fühlt sich das Küssen nur noch großartig an. Wir machen aber auch andere Dinge. Wir tanzen ein bisschen, essen Eis und Pizza, liegen im Park, treffen Lukes Supermarkt-Kumpels, die gar nicht so assig sind, sitzen im Späti am Tresen und fragen Yunus Verkehrsregeln ab. Vor allem aber reden wir. Wir reden so unglaublich viel. Luke hört mir mindestens so gut zu wie ich ihm. Ich erzähle von unserem Umzug und meinem nicht mehr ganz so bombenfesten Entschluss, mich Berlin zu verweigern. Ich erzähle, wie ich direkt nach unserem Umzug einmal vergessen habe, an der Endhaltestelle der U-Bahn auszusteigen und in einer stockdunklen Garage gelandet bin. Irgendwann zeige ich Luke sogar ein paar meiner Grafiken – über manche Diagramme muss er richtig laut lachen. Da überlege ich, ob das möglicherweise das Wichtigste überhaupt ist. Dass wir zusammen lachen können.

Am Freitag bringt Luke mich für meine Schicht in den Kiosk. Ich merke sofort, dass sich hier seit gestern etwas verändert hat. Ich weiß nur nicht, was. Irritiert sehe ich mich um. Die Wände sind es schon mal nicht. Die haben immer noch die gleiche blassblaue Farbe. Auch die Regale stehen so, wie sie immer stehen. Eigentlich sieht alles aus wie immer. Außer … Yunus.

Der hat ein fettes Grinsen im Gesicht. Da kapiere ich auch, was anders ist. Die Stimmung! Die war in den letzten Tagen nicht gerade angenehm.

»Ich hab's geschafft!«, platzt es aus Yunus heraus. »Ich hab die Theorieprüfung geschafft!«

»Mit nur drei Fehlerpunkten«, ergänzt Miri. Sie legt ihren Kopf auf Yunus' Schulter. (Die zwei sind echt ein süßes Paar. Ob es jemanden gibt, der das auch über uns denkt? Über mich und Luke? Wir sind ein Paar. Ein Paar!)

»Glückwunsch, Mann«, ruft Luke und macht so ein seltsames Handschlag-Ding mit Yunus.

»Ja, Glückwünsch«, sage ich einigermaßen verwirrt. »Aber hattest du nicht gesagt, die Prüfung ist nächste Woche?«

Yunus grinst noch breiter.

»Ich hab euch extra den falschen Tag gesagt, damit ihr mich nicht nervös macht. Guter Trick, was?«

»Genial«, sagt Miri ironisch. Sie tippt ihm gegen die Brust.

»Bei der Praxisprüfung verrätst du uns aber das richtige Datum, versprochen?«

Yunus schnalzt mit der Zunge und versucht abzulenken.

»Miri hat auch Neuigkeiten«, verkündet er.

Doch die winkt nur ab.

»Halb so wichtig.«

»Das ist voll wichtig«, widerspricht Yunus. Er stellt sich vor Miri, fasst sie bei den Händen und sieht sie auffordernd an. Aber Miri bleibt still – das macht mich erst so richtig neugierig.

»Jetzt sagt schon!«

»Miri macht ein Auslandssemester!«, ruft Yunus. »In Edinburg!«

»Edinburgh«, murmelt Miri nickend. Bei ihr hat das Wort eine Silbe mehr. Doch Yunus stört das nicht. Er bleibt bei seinem Burg.

»Es gab da nur einen Platz, richtig?«

»Zwei«, sagt Miri.

Yunus nickt stolz.

»Und meine Freundin hat einen davon ergattert!«

»Toll«, sage ich. »Das wusste ich ja gar nicht. Also, dass du nach Schottland gehst.«

»War eine spontane Entscheidung, mich da zu bewerben«, sagt Miri. »Und jetzt stoßen wir auf Yunus' Theorieprüfung an!« Sie holt vier Ayran aus dem Kühlregal. Zur Feier des Tages gibt's sogar Strohhalme. Und dann will Miri jede einzelne Frage wissen, die Yunus in der Prüfung beantworten musste.

Luke lehnt sich zu mir.

»Ich wette, sie kommt als Single zurück«, flüstert er.

Zuerst weiß ich nicht, wovon er spricht.

»Aus Schottland?«, frage ich. »Du spinnst. Miri und Yunus sind ein Traumpaar. Die kriegen noch einen Haufen Kinder. Und ich werde die stolze Patentante.«

»Wenn du meinst«, sagt Luke und zieht die Schultern fast bis an die Ohrläppchen. (Das sieht so vertrottelt aus, dass ich ihn am liebsten schon wieder küssen würde. Aber wegen der doofen Bemerkung bin ich ja leider gerade sauer auf ihn.)

Am gleichen Abend – ich putze mir gerade die Zähne und denke an nichts Böses – fragt Mama mich plötzlich, seit wann ich eigentlich einen Freund habe. Eines ist klar: Minimalinvasiv ist was anderes. Ich bin so baff, dass mir doch glatt der Mund offen stehen bleibt. Mama nutzt die Gelegenheit für ein paar weitere indiskrete Nachfragen.

»Wo habt ihr euch kennengelernt?«, will sie wissen. »Wie heißt er? Wie alt ist er? Und wann können Papa und ich ihn mal treffen?«

Mich ärgert, dass sie gar nicht fragt, ob sie Luke überhaupt kennenlernen darf. Das wurde offensichtlich längst entschieden. Es geht nur noch um das Wann. Nach dem ersten Schock putze ich mir in aller Ruhe die Zähne fertig. An die vorgeschriebenen drei Minuten hänge ich noch eine kleine Zugabe dran. Damit Karius und Baktus sich so richtig ärgern. Und Mama gleich mit. Sie steht die ganze Zeit neben mir und betrachtet mich. Als wäre ich eine Patientin mit äußerst merkwürdigen Symptomen. Sie wartet auf Antworten. Ich bezweifle, dass der ganze Schaum in meinem Mund wirklich nur von der Zahnpasta kommt. Ich spucke aus, dann rattere ich herunter: »Seit dieser Woche, im Kiosk, wobei, eigentlich vorm Supermarkt, Luke, 15.« Ich mache eine kleine Pause. »Was war noch mal die letzte Frage, ach so, genau, wann ihr ihn mal treffen könnt. Hmm, lass mal überlegen ...« Ich lege den Zeigefinger an mein Kinn. »Was hältst du von *niemals*?«

Ich stapfe aus dem Bad und Mama stapft hinterher. Dass ich mir dabei den großen Zeh an der Türschwelle stoße, ignorieren wir beide.

»Lotte«, sagt Mama sanft. »Ich weiß gar nicht, warum du so verschlossen bist ... Weißt du, ich freu mich, dass du jemanden gefunden hast, den du magst und der dich mag.«

»Weil du damit nicht gerechnet hast?«

Ich stehe an meinem Fenster und sehe hinaus in den Abend, und rüber zum Kiosk. Als Wiedergutmachung dafür, dass ich den Laden dichtgemacht habe, bin ich in den Baumarkt gefahren und habe die richtigen Glühbirnen fürs Ä gekauft. Reingeschraubt hat sie zwar noch keiner, aber auch so haben die leuchtenden Buchstaben eine beruhigende Wirkung auf mich. Ich weiß, der Kiosk da drüben ist ein guter Ort. Dort stellt man mir keine blöden Fragen. Dort interessiert man sich auch nicht für meinen IQ. Vielleicht bin ich da ja mehr zu Hause als hier? Jedenfalls nimmt man mich da so, wie ich bin. Mein Hirn beginnt, wieder diese abstrusen Verknüpfungen herzustellen – nur sind sie dieses Mal vielleicht gar nicht so abstrus. Alle Themen, die mich beschäftigen, verbinden sich auf einmal miteinander.

»Warum wollt ihr Luke eigentlich kennenlernen?«, frage ich die Fensterscheibe. »Ich kenn ihn ja selbst noch nicht mal richtig ... Falls man einen anderen Menschen überhaupt richtig kennen kann.« Ich mache eine

Pause. Das war jetzt philosophischer als beabsichtigt. Mir fällt noch etwas anderes ein. »Hat Papa schon einen kleinen Test für Luke vorbereitet? Um herauszufinden, ob er als Schwiegersohn was taugt? Ob ihr euch wenigstens auf intelligente Enkel freuen könnt?«

»Lotte«, sagt Mama. »Das kannst du nicht ernst meinen.«

»Nein«, sage ich und drehe mich um. »Ihr könnt das nicht ernst meinen. Dass ich diese Scheißaufnahmeprüfung noch mal wiederholen soll!«

Mama hebt beschwichtigend die Hände.

»Ich habe das Gefühl, dass du hier ganz viel durcheinanderwirfst. Lotte, du bist nicht fair und das weißt du auch.«

»Das weiß ich nicht«, sage ich. »Ich weiß eigentlich sowieso nichts.«

»Ah«, ruft Mama. Sie ballt die Hände zu Fäusten. »Wie ich diese Dummchen-Nummer hasse! Immer machst du dich blöder, als du bist ... Weißt du was? Ich spiele da nicht mehr mit.«

Mama geht zur Tür. Sie ist schon fast draußen, als ihr noch etwas einfällt.

»Weißt du, eigentlich wollte ich nur wissen, wer der Glückliche ist, der so viel Zeit mit dir verbringen darf.« Sie zuckt mit den Schultern. »Das würde ich nämlich selbst gern. Zeit mit dir verbringen. Aber lustige Zeit, schöne Zeit. Ohne diese sinnlosen Streitereien.« Sie seufzt und dann geht sie wirklich. Und ich bleib an meinem Fenster zurück und weine ein bisschen. Warum muss alles immer so verdammt kompliziert sein?

Zeit, die ich mit meinen Eltern verbringe
Streit
Mehr Streit
Noch mehr Streit (und sie haben angefangen!)

Am Montag hole ich Luke im Seniorenheim ab. Auf einer Bank im Schatten warte ich darauf, dass Florence den Stecker zieht und die Pokerfrauen wieder den Raum übernehmen. Der Tanztee ist das Ding von Luke und seiner Adoptiv-Oma. Ich fände es nicht richtig, jedes Mal mit auf der Matte zu stehen. Egal, was Oma Blume mir im Vertrauen gesagt hat.

Weil mir das Tanzen aber total viel Spaß gemacht hat, habe ich mir einen richtigen Kurs rausgesucht. Nicht Discofox, sondern Modern Dance. Ich finde praktisch, dass man dafür keinen Partner braucht – außerdem wird der Kurs im Nachbarschaftsheim um die Ecke angeboten. Los geht's direkt nach den Ferien. Weshalb ich mich jetzt zumindest ein klitzekleines bisschen auf den Schulstart freue.

Die Tür des Seniorenheims öffnet sich und Luke kommt heraus. Jedes Mal, wenn ich ihn sehe, habe ich dieses unglaubliche Gefühl im Bauch. Schmetterlinge sind es nicht. Es ist eher so, als würden all meine kleinsten Teilchen in Bewegung gesetzt, als begännen sie plötzlich zu schillern. Das fühlt sich so an, als würde ich mich jeden Moment auflösen, um in einer viel besseren Version neu zusammengesetzt zu werden. Klingt bedrohlich, fühlt sich aber ganz wunderbar an. Ein Drogenrausch ohne Nebenwirkungen.

Ich stehe auf, um Luke entgegenzulaufen. Erst jetzt sehe ich, dass er wieder angespannt ist. Das macht auch was mit meinen kleinsten Teilchen. Sie verkrampfen sich. (Das ist wohl der Nachteil dieser Pärchensache. Ich bin nicht mehr nur ich.)

Luke kommt gleich auf den Punkt.

»Ich glaube, ihre Schmerzen sind wieder schlimmer«, sagt er und natürlich weiß ich sofort, von wem er spricht. »Der Arzt meint, sie muss sich operieren lassen. Aber das will sie nicht.«

Ich greife Lukes Hand. Langsam laufen wir los, unter den Ahornbäumen entlang.

»Ich glaube, Oma Blume wäre es lieber gewesen, ich wäre heute nicht gekommen«, spricht Luke weiter und kickt gegen einen imaginären Stein. Sand fliegt durch die Luft. »Dann hätte sie in ihrem Zimmer bleiben können, weißt du.«

»Aber sie kann doch auch mit dir in ihrem Zimmer bleiben«, sage ich.

Luke denkt kurz nach.

»Ja, aber dafür müsste sie zugeben, dass ihr das Tanzen zu anstrengend ist.« Luke sieht mich an. »Das würde sie nie machen. Warum auch immer ... Vielleicht ist sie zu stolz.«

Ich zucke mit den Schultern.

»Das muss sich für Oma Blume ziemlich merkwürdig anfühlen«, überlege ich. »Erst war sie die Große und Starke und hat sich um dich gekümmert. Und jetzt ist es auf einmal andersherum. Vielleicht tanzt sie nur, weil sie denkt, dass du unbedingt tanzen willst.«

»Will ich aber nicht«, widerspricht Luke. »Also nicht, wenn Oma Blume nicht will.«

»Glaubst du denn, dass sie nicht mehr will?«

Luke weicht meinen Augen aus. Plötzlich scheint der Kiesweg ziemlich interessant zu sein. Als er mich wieder ansieht, muss er blinzeln. Und dann nickt er.

»Dann ist es doch ganz einfach«, sage ich und ziehe Luke nah zu mir heran. »Sag Oma Blume, dass du montags keine Zeit mehr hast. Und besuch sie am Wochenende oder so. Und dann macht ihr irgendwas, das weniger anstrengend ist.«

»Du meinst, wir machen gar nichts ...«

»Solange du bei ihr bist, ist es doch nicht gar nichts!«

Luke seufzt.

»Ich möchte halt irgendwas für sie tun.«

Eine Weile laufen wir schweigend nebeneinander her. Ich überlege, wie ich das, was ich als Nächstes sagen will, in Worte packen kann. Dann mache ich es ganz knapp.

»Kannst du dir vorstellen, dass Oma Blume einfach nicht mehr will?«

»Hab ich ja schon gesagt«, murmelt Luke. »Vielleicht ist Tanzen im Rollstuhl sowieso nicht ganz ideal? Keine Ahnung.«

Tanzen. Luke denkt wirklich, ich rede vom Tanzen. Er kann sich zwar über Begriffe wie »von uns gegangen« lustig machen, aber wenn es wirklich genau darum geht, steht er voll auf der Leitung.

Ich entdecke eine Bank und steuere mit Luke darauf zu. Auf einmal fühle ich mich so schlapp, dass ich mich gern hinlegen will. Lukes Schoß ist mein Kissen. Darüber darf ich gar nicht zu lange nachdenken. (Zerquetsche ich da nicht irgendetwas, das er noch braucht?) (Oder wir beide zusammen – irgendwann?) (Und bin ich eigentlich bescheuert? Erstens kennen wir uns noch nicht mal zwei Wochen! Und zweitens ist jetzt nicht der Moment, um an Sex zu denken.)

Luke beginnt, meinen Kopf zu streicheln.

»Woran denkst du gerade?«, fragt er.

Kurz befürchte ich, dass er das längst weiß. Dass er nicht nur küssen, sondern auch Gedanken lesen kann.

»Das fragt man nicht«, sage ich und drehe mein Gesicht zur Seite. Meine Wangen sind garantiert mal wieder feuerrot.

»Hä?«, macht Luke. »Wieso fragt man das denn nicht?«

»Wenn ich an etwas denke, das du wissen solltest, sage ich es dir schon.«

»Hm«, macht Luke. »Jetzt wüsste ich echt gern, woran du gerade gedacht hast.«

»An deine Hoden«, sage ich nach einer kleinen Pause.

»Was?«

»Ich habe an deine Hoden gedacht.«

Jetzt wird Luke zur Abwechslung mal rot. Aber nur ganz leicht. Es ist eher so ein Roséton. Und der steht ihm ziemlich gut. Luke räuspert sich.

»Meine Hoden«, sagt er. »Gut, dass du die ansprichst. Das sind nämlich zwei besonders gelungene Exemplare. Die haben jede Aufmerksamkeit verdient.«

»Dachte ich mir«, sage ich unschuldig. »Was ist eigentlich mit deinen Achseln? Und deinen Fußsohlen? Freuen die sich auch über etwas Aufmerksamkeit?«

Bevor Luke schnallt, was passiert, habe ich ihn auch schon gepackt. Und dann beginnt die wohl größte Kitzelaktion, die diese Stadt je gesehen hat.

Ich habe meine Meinung geändert. Warum, weiß ich selbst nicht genau. Aber wenn meine Eltern Luke kennenlernen wollen, sollen sie das tun. Von ein paar Macken abgesehen, sind sie ja eigentlich gar nicht so übel. Das entscheidende Argument ist jedoch, dass Luke nichts gegen ein Treffen einzuwenden hat.

»Ich hänge ständig in einem Seniorenheim ab«, sagt er. »Mit alten Leuten komme ich gut klar!«

»Hey«, rufe ich. »So alt sind meine Eltern auch wieder nicht.«

Luke zieht eine Augenbraue nach oben.

»Im Vergleich zu meinen sind deine Eltern garantiert Rentner.« Die Wette gewinnt er. Wie sich herausstellt, war Lukes Mutter noch nicht mal 18, als er geboren wurde.

»Wahnsinn«, sage ich. »Das war bestimmt nicht einfach.«

Luke zuckt mit den Schultern.

»Am meisten hat es sie wohl abgenervt, dass alle immer dachten, sie ist nur die Babysitterin. Auf der Straße haben ihr ständig irgendwelche wildfremden Leute gesagt, was sie anders machen muss.« Er beginnt zu grinsen. »Und wenn meine Ma eines nicht mag, dann, wenn man ihr sagt, was sie zu machen hat. Mein Vater versucht es trotzdem ab und zu. Dann fliegt schon mal eine Tasse durch die Luft.« Meint Luke das ernst?

Aus seinem Gesichtsausdruck werde ich nicht schlau. Ich nehme ihm das Versprechen ab, mir seine Eltern möglichst bald vorzustellen. Auch seinen kleinen, angeblich oberfrechen Bruder würde ich gern mal treffen. Aber heute ist erst mal meine Familie dran.

Als wir nach Hause kommen, kann ich hören, dass meine Eltern in der Küche mit den Einkaufstüten beschäftigt sind. Es ist kurz vor sieben, wahrscheinlich war der Supermarkt schon so gut wie leer gekauft. Bestimmt beschwert mein Vater sich gleich über die Qualität der Äpfel – Äpfel sind ihm sehr wichtig. Ich greife nach der Türklinke und werfe Luke einen vielsagenden Blick zu.

»Bereit?«, frage ich.

»Ich bin immer bereit«, behauptet Luke. »Du wirst sehen, Schwiegereltern mögen mich.«

Es stimmt. Meine Eltern mögen Luke wirklich. Und er scheint sie auch toll zu finden. Zumindest unterhält er sich total locker mit ihnen. Fast so, als würde er sie schon ewig kennen. Und ich muss sagen, auch meine Eltern machen das echt gut. Sie stellen keine einzige doofe Frage und benehmen sich wie immer. Vielleicht sogar ein bisschen zu sehr wie immer. Als wäre es keine Sensation, den ersten Freund ihrer einzigen Tochter kennenzulernen. (Kennenlernen zu dürfen!) Papa jammert über die schrumpeligen Braeburn-Äpfel und Mama ordnet an, dass er sich nicht so anstellen soll. Ich kenne die beiden wirklich gut. Und irgendwie macht mich das in dem Moment richtig glücklich.

»Verdammt«, ruft Papa auf einmal und schlägt sich gegen die Stirn. »Ich habe den Reis vergessen.«

»Den Risotto-Reis?«

Papa nickt.

»Dann essen wir halt was anderes«, sagt Mama mit einem Schulterzucken.

»Ich hätte heute Abend wirklich gern das Steinpilz-Risotto gemacht«, sagt Papa. »Vor allem, weil wir so hohen Besuch haben.« Okay, die Bemerkung hätte er sich sparen können. Jedenfalls will Luke tatsächlich zum Essen bleiben. Und mitkochen will er auch.

»Dann fahre ich jetzt noch mal zum Supermarkt«, verkündet Papa.

Er will gerade nach dem Autoschlüssel greifen, als mir der Späti einfällt. Yunus hat auch Risotto-Reis!

»Ich hol den Reis drüben im Kiosk«, sage ich. Papa wirft mir sein Portemonnaie zu. Ich gehe zur Tür, aber Luke bleibt sitzen.

»Kommst du?«, frage ich.

»Soll ich?«, fragt Luke zurück.

Ich werfe Luke einen langen, intensiven Blick zu. Der Blick sagt: Ich übernehme keine Haftung für das, was in meiner Abwesenheit geschieht. Zweifellos haben sich meine Eltern bisher gut benommen. Doch möglicherweise warten sie nur auf einen unbeobachteten Moment, um sich auf dich zu stürzen – und dann löchern sie dich mit Fragen, bis du nicht mehr weißt, wo dir der Kopf steht.

Luke nickt langsam.

Was ich denke, als meine Eltern Luke kennenlernen

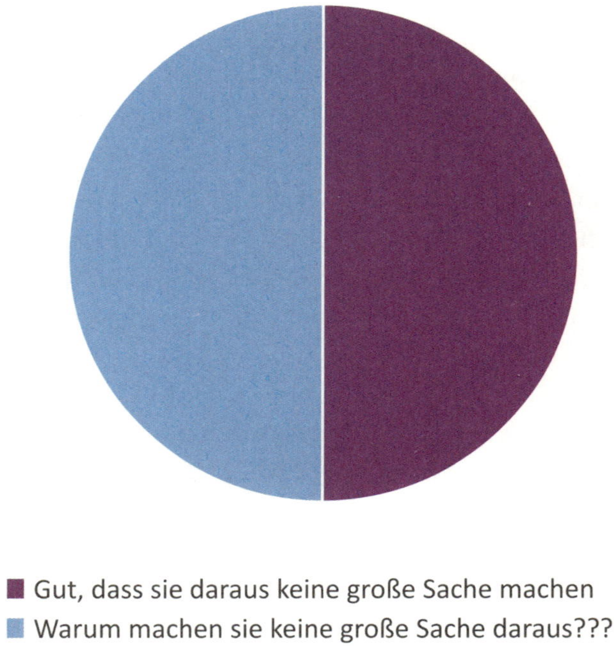

»Ist angekommen«, sagt er. »Wenn du nichts dagegen hast, bleib ich trotzdem hier.« Mama sieht mich triumphierend an und ich zische ab. Je schneller ich weg bin, desto schneller bin ich auch wieder zurück.

Yunus sitzt am Tresen, vor sich einen Pott Kaffee und mindestens fünf aufgeschlagene Bücher.

»Alles Reiseführer aus der Bibliothek«, sagt er. »Wenn ich Miri besuche, machen wir eine Tour durch Schottland. Wusstest du, dass man da links fährt? Ich weiß nicht, ob ich das hinkriege. Wenn ich bis dahin überhaupt schon fahren darf.«

»Linksverkehr gilt als besonders sicher«, sage ich. Keine Ahnung, aus welcher Windung meines Gehirns ich dieses Wissen hervorgekramt habe. »Weil man seine dominante Hand am Lenkrad und nicht an der Gangschaltung hat.«

Völlig unvermittelt wechselt Yunus das Thema.

»Mantelmädchen, geht's dir eigentlich gut, mit deinem Luke?«

Ich muss grinsen, weil er »dein Luke« gesagt hat. Ich habe einen Luke. Einen ganz persönlichen Luke. »Ja«, sage ich. »Mir geht's gut mit ihm.«

»Dann habe ich mich geirrt«, brummt Yunus. »Dann ist er vielleicht doch keiner, der Herzen brechen will.«

»Gibt es echt welche, die das wollen?«, frage ich. »Die ausziehen, um Herzen zu brechen?«

Yunus antwortet nicht. Er schiebt die Bücher zur Seite und steht auf.

»Vor Miri haben mich die Leute auch gewarnt.«

»Vor Miri?«, frage ich verwundert. »Wer denn?«

Yunus macht eine vage Handbewegung und zuckt mit den Schultern. Dann schleicht sich ein kleines Lächeln auf sein Gesicht. »Soll ich dir was zeigen? Aber nicht verraten!« Yunus geht ins Lager und kommt mit einem Paket zurück. Zuerst denke ich, dass es wieder eine Bestellung seines Vaters ist. Doch dann würde Yunus nicht so selbstzufrieden lächeln. Er öffnet den Karton und holt eine Bahnhofsuhr heraus.

»Noch eine?«, frage ich.

»Die wichtigste«, sagt Yunus. »Die Edinburg-Uhr.«

Am nächsten Tag ruft Miri auf meinem Handy an. Das hat sie noch nie getan. Im ersten Moment denke ich, es ist irgendwas Schlimmes passiert. Doch dann informiert Miri mich bloß darüber, dass Yunus morgen seine praktische Fahrprüfung hat.

»Wie hast du das denn aus ihm rausgekriegt?«, frage ich beeindruckt. »Das wollte er doch unter keinen Umständen verraten.«

»Hat er auch nicht«, sagt Miri. »Ich habe aber so meine Informanten ... und die glauben sogar zu wissen, wo er morgen langfahren muss.«

»Und jetzt willst du die Straßen sperren?«

Miri lacht. »Nee, aber ich habe da eine andere Idee. Hast du heute Nacht schon was vor?«

»Außer schlafen? Nein, eigentlich nicht.«

»Gut«, sagt Miri. »Und meinst du, deine Eltern haben etwas dagegen, wenn du nachts noch mal rausgehst?«

»Ja«, sage ich. »Eindeutig.«

»Anders gefragt ... Meinst du, deine Eltern *merken*, wenn du nachts noch mal rausgehst?«

»Nein ...«, sage ich zögerlich.

»Super!« Miri klingt richtig enthusiastisch. »Ich brauche nämlich deine Hilfe. Sagen wir um eins, an der Post?«

Ich hole tief Luft.

»Nur, um sicherzugehen, dass ich dich verstanden habe: Du willst, dass ich heute Nacht kurz vor eins meine Wohnung verlasse, um dich an der Post zu treffen?«

»Richtig«, sagt Miri. »Und nimm eine Schere mit. Oder besser: zwei Scheren. Luke kommt auch.«

Kaum hat Miri aufgelegt, rufe ich Luke an. Doch der weiß auch nicht, was das alles bedeutet.

»Ich wusste ja nicht einmal, dass Miri meine Nummer hat«, sagt er. »Manchmal ist sie mir fast ein bisschen unheimlich. Meinst du, sie plant einen Bankraub?«

»Was hat ein Bankraub denn mit Yunus' Fahrprüfung zu tun?«

»Nichts«, gibt Luke zu.

Und dann machen wir diese Sache, dass wir uns hundertmal voneinander verabschieden, aber keiner zuerst auflegen will. (Was man eben so macht, wenn man verknallt ist.)

Den ganzen Nachmittag über frage ich mich, was Miri wohl vorhat. Meine Neugier steigt mit jeder Stunde. Klar, dass ich am Abend nicht so leicht einschlafen kann. Irgendwann gebe ich es auf. Um kurz vor eins muss ich ja sowieso wieder raus. Ich setze mich ans Fenster und klappe den Laptop auf. Da ich keine Idee für ein neues Diagramm habe, scrolle ich durch die alten. Zum ersten Mal fällt mir auf, dass sich die allermeisten nur um mich drehen. Um mich und meine Pannen. Bin ich echt so ein Trottel? Oder habe ich nur einen besonderen Blick auf mich? Vielleicht hat es ja auch was Positives. Wenn einem Comedian etwas passiert, das so richtig scheiße ist, ist es eigentlich schon wieder gut: Weil er eine Geschichte daraus machen kann. Und mit etwas Glück sogar einen Haufen Kohle! Vielleicht sollte ich dankbar sein. Denn wenn man genau überlegt, geht es in den besten Geschichten doch immer um das, was schiefläuft. Alles andere wäre langweilig. Ich meine, ein Happy End ist nicht ohne Grund eben genau das: ein Ende. Der Tod jeder Geschichte. Was passiert mit Dornröschen nach ihrer Hochzeit? Wiederholt sie vielleicht den Fehler ihrer Eltern? Lädt sie bei der nächstbesten Party auch nicht alle ein, die eingeladen werden wollen? Sie könnte auch losziehen, um sich an der Fee zu rächen, die ihr die Sache mit dem langen Schlaf und der Hecke überhaupt erst eingebrockt hat.

Mit solchen Gedanken vertreibe ich mir die Zeit. Und dann ist es endlich Viertel vor eins. Auf Zehenspitzen schleiche ich aus der Wohnung und mache mich auf den Weg zur Post. Die ist zum Glück nicht allzu weit entfernt. Ich fühle mich in der Stadt inzwischen zwar deutlich wohler, aber nachts allein um die Häuser ziehen muss ich auch nicht unbedingt. Miri ist die Erste am Treffpunkt. Sie sieht wirklich aus, als wollte sie gleich einen Tunnel zum nächsten Banktresor graben. Schwarze Klamotten trägt sie ja meistens. Aber heute hat sie ihre blonden Haare auch noch komplett unter einer dunklen Mütze versteckt.

Während wir auf Luke warten, versuche ich ein paarmal, ein Gespräch anzufangen. Aber Miri ist dafür viel zu nervös.

»Wo bleibt er denn?«, murmelt sie. »Lotte, wenn Luke in drei Minuten nicht hier ist, fangen wir ohne ihn an!«

»Womit?«, frage ich. »Womit fangen wir an?«

Es ist hoffnungslos. Miri gibt keine Antwort. Stattdessen greift sie in ihren Rucksack und holt eine Rolle doppelseitiges Klebeband heraus. Ich überlege, ob ich vielleicht abhauen sollte. Klebeband! Das ist doch ein unverzichtbares Requisit, wenn man jemanden kidnappt.

»Hast du an die Scheren gedacht?«, fragt Miri knapp.

Ich nicke.

»Gut«, sagt Miri. »Dann legen wir los!« Sie setzt sich auf den Bürgersteig und rollt das Klebeband ab. Auf der Unterseite ist diese Folie, die man abziehen muss. Wie bei einem Pflaster. Aber noch bleibt die Folie dran. Erst jetzt sehe ich, dass Miri das Band präpariert hat. Über die Oberfläche ziehen sich feine Bleistiftlinien. Vierblättrige Kleeblätter, eines neben dem anderen.

»Wir brauchen nur den Rahmen«, erklärt Miri. »Wie bei Schablonen.«

»Alles klar«, sage ich. Wenigstens weiß ich jetzt, dass Miri das Band nicht dabeihat, um irgendjemandem den Mund zuzukleben und vom Schreien abzuhalten. Und das reicht mir fürs Erste.

Wir haben über 20 Kleeblatt-Schablonen fertig, als Luke endlich auftaucht. Er kommt um die Ecke gerannt – mit einer Klappleiter unter dem Arm.

»Mann, Miri«, keucht er. »Das mit der Leiter hättest du mir echt früher sagen können. Ich musste in den Keller und der Schlüssel war weg. Wenn ich weitergesucht hätte, wäre garantiert mein Bruder aufgewacht. Jetzt habe ich das Schloss geknackt.«

»Du hast ein Schloss geknackt?«, frage ich.

Luke sieht mich mit einem schiefen Grinsen an.

»Das Schloss zu unserem eigenen Keller«, betont er.

»Lass es mich anders formulieren: Du weißt, wie man ein Schloss knackt?«

»Lotte, Lotte«, murmelt Miri. Sie sieht mich übertreiben mitleidig an. »Manchmal frage ich mich echt, wie du in dieser Stadt überleben willst.«

Merkwürdig. Genau diese Frage habe ich mir schon eine ganze Weile nicht mehr gestellt.

Dann verrät Miri uns endlich, was sie vorhat. (Korrigiere: 1. Person Plural. Was *wir* vorhaben.)

»Wie ihr wisst, hat Yunus morgen seine Fahrprüfung«, beginnt Miri. Luke und ich nicken. »Ihr wisst auch, dass er extreme Prüfungsangst hat.« Wir nicken wieder. »Solange Yunus etwas zu tun hat, geht's. Aber sobald er Zeit zum Nachdenken hat, erwischt es ihn.« Miri sieht uns an. »Deshalb sind rote Ampeln ein Problem.«

Ich verstehe, was sie meint. Wenn Yunus fährt und schaltet und blinkt und die anderen Verkehrsteilnehmer im Auge behält, ist alles in Ordnung. Weil er beschäftigt ist. Aber sobald er vor einer Ampel steht und auf Grün wartet, wird er darüber nachdenken, was alles schiefgehen kann, wenn er gleich wieder Gas gibt. Und dann geht möglicherweise wirklich etwas schief. Ich verstehe allerdings nicht, was wir dagegen tun können.

Miri hält die Schablonen in die Luft. Mein Hirn arbeitet auf Hochtouren – bis es auf einmal Klick macht.

»Du willst ihm kleine Botschaften schicken«, sage ich.

Miri nickt.

»In genau dem richtigen Moment! Wenn die Ampel auf Grün schaltet und er weiterfahren muss.«

Da kapiert auch Luke. Er stößt einen anerkennenden Pfiff aus. »Die Idee ist genial«, sagt er.

»Danke!« Miri strahlt. »Das finde ich auch.«

Ich bin allerdings der Meinung, dass wir uns statt der grünen die roten Lichter vornehmen sollten.

»Die sieht Yunus viel länger«, erkläre ich. »Eine ganze Ampelphase lang.«

»Rote Kleeblätter?«, fragt Miri und schüttelt den Kopf. »Nimm's mir nicht übel, aber das ist doch Mist!«

»Dann müssten wir natürlich Herzen ausschneiden«, sage ich. »Rote Herzen! Das wäre dann gleichzeitig eine Liebeserklärung.«

»Zu spät«, sagt Miri nur. Ich sehe Hilfe suchend zu Luke, doch der schüttelt den Kopf.

Als wir die Leiter zum ersten Mal aufstellen, bin ich total aufgeregt. Garantiert ruft gleich jemand die Polizei. Doch zu meiner großen Überraschung interessiert sich niemand für uns. Und ich meine wirklich niemand. Keine Menschenseele. Obwohl wir gerade dabei sind, eine Ampelanlage zu manipulieren. (Was sage ich da? Nicht eine. Sondern 23.) Ob das auch so ein Großstadtphänomen ist? In meinem Kaff hätte sofort jemand den Dorfpolizisten alarmiert. Oder sich schnell selbst ernannt. Aber offenbar ist es so: Je mehr Leute irgendwo sind, desto weniger fühlen sie sich verantwortlich. Oder es ist so ein Berlin-Ding. Die Leute sind hier einfach alles Mögliche gewöhnt. So schnell wundern die sich nicht. Ob es ein Rave am helllichten Tag ist, eine improvisierte Limobude im Park oder ein Typ, der mit seinem Rad durch die Gegend fährt und durch ein Megafon Gedichte rezitiert. Da fallen wir gar nicht weiter auf. Wir sind einfach nur drei weitere Leute, die hier versuchen, ihr Ding zu machen.

Mit diesem Ding sind wir die halbe Nacht beschäftigt. Aber das lohnt sich. Auch wenn ich anfangs skeptisch war, muss ich zugeben: Der Effekt ist toll. Vor allem im Dunklen. Sobald eine unserer Ampeln auf Grün schaltet, erstrahlt ein Glücksbringer. Obwohl jeder einzelne eigentlich nur für Yunus leuchtet, glaube ich, dass sich alle anderen genauso darüber freuen. Denn jeder hat ja irgendwas in seinem Leben, das ihn beschäftigt. Etwas, wofür das er eine Prise Glück gut gebrauchen kann.

Als Luke mich nach Hause bringt, wird es schon hell. Die ersten Vögel zwitschern.

»Die kriegen garantiert alle den Wurm, der ihnen versprochen wurde«, sage ich, als wir in meine Straße einbiegen. Luke sieht mich verständnislos an.

»Die frühen Vögel sind schon wach«, erkläre ich. »Ich glaube, ich bin wirklich noch nie so spät heimgekommen.«

»Ist schön, oder?«, murmelt Luke und legt seinen Kopf an meinen. »So friedlich. Eine völlig andere Stadt.«

Er hat recht, denke ich. Das ist wirklich eine andere Stadt. Eine ruhige, besinnliche. Eine, die einem fast ganz allein gehört. Und dann merke ich irgendwo in mir drinnen, dass ich beide Städte mag. Die laute und die leise. Ich mag Berlin. Wann ist das denn bitte passiert?

Vor meiner Haustür angekommen, frage ich Luke, ob er mitkommen will.

»Du meinst hoch?«, fragt er. »In deine Wohnung? In dein Zimmer?«

»Es sei denn, du willst lieber im Flur schlafen«, sage ich.

»Deine Eltern haben nichts dagegen, wenn ich über Nacht bleibe?«

Ich zucke mit den Schultern.

»Es ist ja schon Morgen«, erwidere ich und stecke den Haustürschlüssel ins Schloss. Luke rückt näher an mich heran.

»Aber das wissen die doch nicht«, sagt er leise. »Die denken vielleicht, ich war die ganze Nacht bei dir.«

Ich drehe mich um.

»Das Konzept dahinter ist sowieso völlig unlogisch«, sage ich ein bisschen zu sachlich. »Man kann all das doch auch tagsüber machen.«

»All das?«, fragt Luke gespielt unschuldig. »Was meinst du mit *all das*?«

Ich drehe mich zu ihm um.

»Zum Beispiel das hier«, sage ich leise und lege meine Lippen sanft auf seine. Nur für den Bruchteil einer Sekunde. Als er nach mir fassen will, bin ich schon wieder weg.

»Oder auch das hier...« Ich wende mich ihm wieder zu und dann, endlich, küsse ich Luke richtig. Er gibt ein Geräusch von sich, das nach Sehnsucht klingt. Es klingt genauso, wie ich mich fühle. Das will ich noch mal hören. Leider johlt uns eine Gruppe vorbeilaufender Besoffener etwas zu – damit ist der Moment kaputt. Luke lehnt sich an die Wand neben der Tür.

»Übrigens hast du recht mit deiner Theorie«, sagt er. »Ich bin der lebende Beweis: gezeugt am helllichten Tag.« Er macht eine kleine Pause. »Und so, wie ich meine Eltern kenne, garantiert romantisch auf einer Schultoilette.«

Als wir aufwachen, sind meine Eltern schon weg. Mama ist auf dem Weg zur Klinik, Papa im Institut. Sie haben offenbar nicht einmal mitbekommen, dass Luke ein Viertel der Nacht bei mir verbracht hat. Zuerst konnte ich nicht einschlafen, weil ich viel zu aufgeregt war. Ich hatte immer gedacht, ein Freund im Bett ist wie ein großes, warmes Kuscheltier. Ich hatte nicht damit gerechnet, dass dieses Kuscheltier auch atmet. Dass es sich bewegt. Einem den Ellenbogen in den Rücken schiebt. Oder schnarcht.

»Darf ich dich ohne Frühstück rausschmeißen?«, frage ich, gleich nach dem Guten-Morgen-Kuss. Wir liegen noch im Bett, nur die Sonne deckt uns zu.

»Eiskalt gefragt«, murmelt Luke. »Wie ein Profi.«

»Yunus hat mich gebeten, den Laden heute aufzumachen«, erkläre ich. Aber er hat mir natürlich nicht gesagt, warum. Mittlerweile weiß ich den Grund …

»Krieg ich wenigstens einen schrumpeligen Apfel für unterwegs?«, fragt Luke.

»Wenn du jetzt sofort aufstehst, kriegst du sogar zwei«, locke ich ihn.

Als wir vor der Haustür stehen, hat Luke den ersten Apfel schon verschlungen.

»Ich glaub, ich geh ins Seniorenheim«, sagt er und streicht sich die Haare aus dem Gesicht.

»Jetzt gleich?«, frage ich.

Luke zuckt mit den Achseln. »Ich hab geträumt, dass Oma Blume aus dem Rollstuhl gefallen ist. Irgendwie krieg ich das Bild nicht aus meinem Kopf, dass sie da allein und hilflos in ihrem Zimmer liegt.«

»Bestimmt guckt jeden Morgen ein Pfleger nach ihr«, versuche ich, ihn zu beruhigen.

»Ich weiß«, sagt Luke. »Trotzdem. Ist so ein Gefühl.«

Ich deute über die Straße zum Laden. »Willst du Gurken mitnehmen?«

Luke schüttelt den Kopf.

»Letztes Mal hingen die alten noch da«, murmelt er.

Ich kassiere gerade fünf Schrippen ab, als das Hupen beginnt. Direkt vor der Ladentür steht ein blauer Transporter. Mitten auf der Straße. Selbst ein Motorrad hätte Schwierigkeiten, da vorbeizukommen. Sofort mischt sich ein anderer Autofahrer ein. Und zwei Radfahrer. Und der Typ, der eben bei mir die Schrippen gekauft hat. Schwungvoll reißt er die Ladentür auf.

»Hast du sie noch alle?«, brüllt er in Richtung Transporter. Der Fahrer kurbelt das Fenster herunter und da sehe ich ihn. Yunus. Grinsend sitzt er hinter dem Lenkrad. Er hupt und hupt und hupt – und macht keine Anstalten, damit aufzuhören. Obwohl ihn bestimmt ein Dutzend Leute anstarren. Als Yunus mich sieht, winkt er mich zu sich.

»Mach den Laden dicht!«, ruft er.

»Was?«

»MACH DEN VERDAMMTEN LADEN DICHT!«

Habe ich richtig gehört? Yunus öffnet die Beifahrertür. Das ist ein klares Zeichen. Also hole ich den Schlüssel aus dem Tresen, drehe das OPEN-Schild um, schließe den Laden ab und steige zu Yunus in den Wagen. Kann es sein, dass Yunus geheult hat? Seine Augen sind auf jeden Fall rot.

»Lotte«, verkündet Yunus. »Ich hab es geschafft. Dank euch hab ich's tatsächlich geschafft!«

Er drückt mir einen fetten Schmatzer auf die Stirn. Und dann holen wir Miri an der Uni-Bibliothek ab. Zu dritt fahren wir an all unseren Ampeln vorbei. Die Kleeblätter sind noch alle da.

»Ich wusste gleich, von wem die sind«, sagt Yunus und strahlt Miri an.

»Nach vorne gucken!«, kommandiert sie.

Yunus nickt.

»Nach vorne gucken«, wiederholt er. »Genau. Jetzt wird erst mal getankt. Und dann besuchen wir meinen Vater!«

Ich weiß nicht, wer sich über diese Idee am meisten wundert. Vielleicht sogar Yunus selbst.

Auf jeden Fall sitzen wir kurz darauf in der Wohnung des alten Mannes mit der Strickweste und der kleinen goldenen Brille und trinken schwarzen Tee. Man könnte meinen, in einem Antiquariat gelandet zu sein. Hier gibt es so viel zu lesen, dass sich die Bücher in manchen Ecken fast bis zur Decke stapeln. Aber es sind nicht nur alte Schinken – direkt vor uns liegt ein Fotoband, der besonders gelungen eingerichtete Wohnungen zeigt.

Aber im Gespräch fallen Worte wie Teppich oder Lampe glücklicherweise kein einziges Mal. Stolz deutet Yunus immer wieder auf seinen Führerschein. Auf dem Foto sieht er wie ein haarloser Hagrid aus. Dann nickt sein Vater brav und beeindruckt, wie es sich gehört. Allen ist klar: Das hier ist Yunus' Moment. Dabei wirkt er wie ein kleiner Junge, der sich nach Anerkennung sehnt. Ich frage mich, ob das immer so ist, bei allen Leuten. Obwohl ich mich für Yunus freue, beschließe ich in dem Augenblick, dass das bei mir anders sein wird.

»Habe ich dich richtig verstanden?«, fragt Mama und legt mir eine Scheibe Brot auf den Teller. »Du willst das Wochenende mit irgendwelchen Leuten an der Ostsee verbringen?«

»Es sind nicht irgendwelche Leute«, stöhne ich.

»Stimmt«, sagt Mama. Sie schiebt die Butterdose zu mir. »Einer davon ist dein Chef.«

Jetzt runzelt auch Papa die Stirn.

»Ist das so was wie ein Betriebsausflug?«

Ich stöhne noch einmal. Manchmal sind die beiden echt schwer von Begriff.

»Yunus hat gerade seinen Führerschein bestanden«, erkläre ich. »Und jetzt wollen wir eben eine kleine Tour machen.«

Mama hebt die Hand. »Langsam, langsam«, murmelt sie. »Du willst allen Ernstes zu jemandem ins Auto steigen, der gerade erst seinen Führerschein gemacht hat?«

(Ähm. Genau genommen bin ich zu diesem Jemand schon ins Auto gestiegen. Aber das behalte ich wohl besser für mich.)

»Warum nehmt ihr denn nicht den Zug?«

(Ganz einfach: Weil Yunus kein verdammter Lokführer ist!)

»Wir wollen Yunus' Führerschein feiern«, versuche ich es noch einmal. »Da ist es doch passend, wenn er am Lenkrad sitzt!«

Mama kratzt sich am Kopf.

»Warum hat er den eigentlich erst jetzt gemacht?«, fragt sie. »Oder ... wurde ihm der Führerschein etwa abgenommen?«

Ich spüre, dass ich kurz davor bin durchzudrehen. Echt, wenn ich in dieser Wohnung auch nur noch eine Minute bleibe, fange ich an zu schreien. Und dann kann ich das mit der Ostsee definitiv vergessen.

»Kann ich noch mal raus?«, frage ich.

»Du hast noch gar nichts zu Abend gegessen«, sagt Papa.

»Keinen Hunger«, murmle ich. Es gibt ja sowieso nur Brot.

»Willst du zu Luke?«, fragt Mama.

Ich zucke mit den Schultern.

»Falls er Zeit hat.«

Meine Eltern wechseln einen schnellen Blick.

»Wenn du uns eines versprichst«, sagt Mama. »Das nächste Mal, wenn Luke bei dir übernachtet, sag uns vorher Bescheid.«

Verdammt. Meine Wangen werden warm. Das haben sie also doch mitgekriegt.

»Und bitte sprich wirklich mit mir, wenn das Thema Verhütung aktuell wird«, sagt Mama. »Ich sehe mich frühestens in zehn Jahren als Oma. Lieber noch in 15.«

»Außerdem kann man nicht nur schwanger werden«, fällt Papa ein. »Es gibt auch Krankheiten, die – «

Jetzt hebe ich die Hand.

»Leute«, sage ich. »Luke und ich sind noch nicht mal drei Wochen zusammen. Bei unserem jetzigen Stand könnte ich mir höchstens einen Schnupfen holen.« Ich mache eine kleine Pause. »Und bislang war Luke nicht mal erkältet.«

Luke hat Zeit für mich. »Natürlich«, sagt er. Ich kann es immer noch nicht ganz fassen, dass es da wirklich einen Menschen gibt, der mich genauso oft sehen will, wie ich ihn. Als ich frage, ob ich bei ihm vorbeikommen soll, schlägt Luke den Kanal als Treffpunkt vor. Ich bin sofort einverstanden, am Wasser bin ich unheimlich gern. Das Ufer ist so etwas wie unser Ort geworden. Auch wenn wir ihn uns mit geschätzt 1000 anderen Leuten teilen müssen.

»Meinst du, Yunus hat wegen der Kleeblätter bestanden?«, fragt Luke.

»Keine Ahnung. Auf jeden Fall hat er gewusst, dass wir an ihn denken.«

»Ich hab eigentlich gar nicht an ihn gedacht«, gibt Luke zu. »Also, während der Aufkleb-Aktion schon. Aber als er die Prüfung hatte, hab ich eigentlich nur an Oma Blume gedacht.«

»Weil du bei ihr warst.«

Luke nickt.

»Sie hat aufgehört, ihre Medizin zu nehmen.« Den Satz sagt er so leise, dass ich unsicher bin, ob ich ihn richtig verstanden habe.

»Was?«

»Sie wirft ihre Tabletten weg«, sagt Luke. Ich glaube, er gibt sich alle Mühe, normal zu klingen. Als rede er über das Wetter. Aber das nehme ich ihm nicht ab.

»Die Pfleger bereiten ihr für jeden Tag so ein Kästchen vor«, erklärt Luke, ohne mich anzusehen. »Da ist echt viel Zeug drin. Pillen, Tabletten, Kapseln, keine Ahnung. Aber das ganze Zeug schluckt sie einfach nicht mehr.«

»Hat sie dir das gesagt?«

»Quatsch!«, Luke schüttelt den Kopf. »Das würde sie mir nie sagen. Ich habe ihr Lager gefunden. In ihrer Süßkram-Schublade liegen bestimmt 30 Tabletten.«

»Scheiße«, sage ich. »Dann meint sie es wirklich ernst.«

Als Luke mich ansieht, sind seine Augen feucht.

»Ich glaube, sie will nicht mehr«, sagt er. Und es ist klar, dass dieses Mal keiner vom Tanzen spricht. Ich nehme Luke in den Arm.

»Ich hätte dir heute Morgen Frühstück machen sollen«, flüstere ich.

»Was?«, murmelt Luke. »Wie kommst du denn jetzt darauf?«

»Wenn du nicht hungrig gewesen wärst, wärst du nicht an ihre Süßigkeiten gegangen. Dann hättest du die Tabletten gar nicht entdeckt.«

Luke löst sich aus meiner Umarmung.

»Es ist doch gut, dass ich die entdeckt habe«, sagt er. Aber es klingt wie eine Frage. »Das muss ich doch irgendjemandem erzählen?«

Luke zieht die Augenbrauen zusammen. In dem Moment hat er fast ein bisschen Ähnlichkeit mit Yunus.

»Wie alt ist Oma Blume?«, frage ich. Als ob eine Zahl etwas damit zu tun hätte. Aber mir tut es eben oft gut, mich an Fakten festzuhalten. Ob sie nun was bringen oder nicht.

»86«, murmelt Luke. »Oma Blume ist 86. Aber es gibt Leute, die werden 100.«

»Will Oma Blume denn 100 werden?«

Luke presst die Lippen aufeinander.

»Soll ich sie etwa einfach so wegsterben lassen?«, ruft er. So wütend habe ich ihn noch nie gesehen. Ich weiß, er meint nicht mich. Er meint den Tod oder vielmehr das Leben, zu dem ein Haufen verdammter Entscheidungen gehört, die eigentlich ganz und gar unmöglich sind.

Völlig unerwartet erlauben mir meine Eltern den Ostsee-Trip doch noch. Allerdings nicht ohne Hintergedanken. Keine Ahnung ob »Deal« wirklich der richtige Begriff für ihren Vorschlag ist. So nennt es jedenfalls Papa.

»Lotte, was hältst du davon?«, sagt er. »Dieses Wochenende fährst du mit deinen Freunden an die Ostsee. Und das Wochenende darauf kommst du mit Mama und mir nach Brandenburg.«

»Nach Brandenburg«, sage ich langsam. »Klingt ... aufregend.«

Papa zuckt mit den Schultern.

»Das ist der Deal.«

»Kann Luke mit?«, frage ich.

»Wir hatten uns eigentlich etwas Familienzeit vorgestellt«, sagt Mama. Sie wirft Papa einen vielsagenden Blick zu. »Davon haben wir in letzter Zeit schrecklich wenig.«

»Weil ihr so viel arbeitet«, sage ich.

»Und du so verliebt bist.«

»Hey!«, rufe ich. »Ich arbeite ja wohl auch!«

Und ohne, dass wir noch einmal darüber reden müssen, ist es auf einmal beschlossene Sache.

Als ich Daniel am Telefon erzähle, was ich vorhabe, ist er ziemlich neidisch. (Also, auf die Ostsee. Nicht auf Brandenburg.)

»Keine Ahnung, wann ich das letzte Mal am Meer war«, jammert er. »Oder überhaupt im Urlaub.«

Das stimmt. Daniels Eltern sind nicht gerade das, was man abenteuerlustig nennt. Ich kann mich nur an eine Reise erinnern, die sie mal zusammen gemacht haben. Und die ging ins Sauerland. Plötzlich habe ich eine Idee. Ich versteh gar nicht, warum wir nicht vorher darauf gekommen sind.

»Mach doch Urlaub in Berlin«, schlage ich vor.

»Hä?«

»Na, hier, bei mir«, rufe ich. »Komm mich in den Herbstferien besuchen. Dann lernst du auch mal alle kennen. Miri, Yunus –«

»– und Vincent von Grüne Gurken.«

»Er heißt jetzt Luke«, sage ich. »Also, kommst du?«

Daniel zögert.

»Hast du überhaupt Zeit?«

»Du fragst allen Ernstes, ob ich Zeit für meinen besten Freund habe?«

»Na ja«, sagt Daniel. »Bist du nicht den ganzen Tag damit beschäftigt, wilden Sex zu haben?«

»Das stimmt natürlich«, gebe ich ihm recht. »Wenn ich nicht gerade wilde Telefonate mit dir führe.«

Daniel lacht.

»Okay«, sagt er. »Okay, ich frag meine Eltern.«

»Grüß sie von mir«, verlange ich. »Dann können sie gar nicht Nein sagen. Deine Eltern lieben mich.«

»Das kann man wohl sagen«, grummelt Daniel in den Hörer. »Manchmal glaube ich, sie lieben dich mehr als mich.«

»Und das willst du ihnen verübeln?«, frage ich.

»Nein«, sagt Daniel. »Das kann ich gar nicht. Vor allem nicht, wenn ein Urlaub in Berlin dabei herausspringt.«

Am Tag der Abreise besteht Mama darauf, mich persönlich am Kiosk abzuliefern. Als könnte ich nicht allein über die Straße gehen. Ich vermute, dass sie Yunus einmal fest in die Augen sehen will. Mit einem Blick, der dafür sorgt, dass er sich nicht nur an jede Geschwindigkeitsbegrenzung hält, sondern sie um mindestens 20 km/h unterschreitet. Weil sie ihn nämlich sonst sezieren wird – bei lebendigem Leib.

»Deine Mutter sieht ja genau aus wie du«, ruft Miri begeistert. Sie hat einen breiten Strohhut auf dem Kopf und umarmt Mama, als würden sie sich schon ewig kennen.

Über Miris Schulter hinweg sieht Mama mich Hilfe suchend an. Umarmungen sind nicht so ihr Ding. Vielleicht hat das mit ihrem Job zu tun. Auf alle Fälle bleibt Mama brav in Miris Armen, bis diese beschließt, dass es genug ist.

Yunus stopft meine Tasche in den Laderaum des Transporters. Der ist vollgepackt mit Vorräten. Garantiert ist der Kiosk jetzt halb leer. Offenbar bin nicht nur ich der Meinung, dass man stets für eine Weltreise vorbereitet sein sollte. Nur an eine aufblasbare Badeinsel, wie Miri sie jetzt anschleppt, habe ich nicht gedacht.

»Wer passt eigentlich auf den Laden auf, während wir weg sind?«, frage ich.

»Die Ehre hat Yunus' Papa«, flüstert Miri. »Der freut sich total über den Vertrauensbeweis. Stell dir vor, Yunus hat ihn nicht einmal mit seinen bescheuerten Regeln genervt. Ich wette, der darf sogar das Radio verstellen.«

»Hauptsache, der Laden steht nach unserer Rückkehr nicht voller Lampen«, sage ich.

»Oh« macht Miri. »Das wird er natürlich. Ganz zweifellos.«

Eigentlich wären wir längst abfahrtbereit. Nur Luke fehlt. Wir alle wissen, dass Pünktlichkeit nicht seine Stärke ist. Aber als er nach einer Dreiviertelstunde immer noch nicht auftaucht, fange ich an, mir Sorgen zu machen.

»So spät war er noch nie«, murmle ich.

»Hast du es schon auf seinem Handy versucht?«, fragt Miri.

»Fünfmal.«

»Garantiert ist der Akku alle«, vermutet Miri. »Das passiert mir auch ständig.«

»Hm«, mache ich von meinem Rücksitz aus. Irgendwie ist mir nicht wohl, mein Bauch tut weh. Der Transporter ist gepackt, der Tank gefüllt, jeder hat einen gekühlten Ayran in der Hand. Es gibt nichts mehr zu tun. Außer zu warten.

Mit jeder Sekunde, die verstreicht, sinkt die Ferienstimmung. Plötzlich haut Yunus auf das Lenkrad.

»Das reicht«, brummt er. »Wir holen ihn ab.«

Yunus dreht den Schlüssel in der Zündung, der Motor springt an. Langsam und bedächtig fährt Yunus auf die Straße.

»Lotte, du bist das Navi«, sagt er.

»Was?«

»Du sagst mir, wo ich langfahren muss.« Yunus sieht mich durch den Rückspiegel an. »Ich habe keine Ahnung, wo Luke wohnt.«

»Ich auch nicht«, murmle ich.

Yunus und Miri drehen sich zu mir um. Gleichzeitig. Ich merke, dass Yunus etwas sagen will. Doch Miri legt ihm die Hand aufs Knie und da nickt er bloß. Mit eingeschaltetem Blinker bleibt Yunus einfach auf der Straße stehen.

Das ungute Gefühl in meiner Bauchgegend wird stärker. Ist es schlimm, dass ich noch nie bei Luke zu Hause war? Hat es irgendwas zu bedeuten? (Klar. Aber was?) Vielleicht verheimlicht Luke mir irgendetwas. Immer, wenn ich vorgeschlagen habe, zu ihm zu gehen, hatte er eine bessere Idee.

Es ist wirklich nicht so, dass ich mich nicht für Luke interessiere. Im Gegenteil. Ich will alles wissen, das auch nur im Entferntesten mit ihm zu tun hat. Sogar seine merkwürdigen kleinen Zehennägel finde ich spannend. Seinen Aszendenten. Seine Meinung zu Avocados. (In Guacamole ein Muss. Sonst ungenießbar.) Die Frage ist bloß: Warum habe ich dann noch nie seine Eltern getroffen? Warum weiß ich nicht, wie frech sein kleiner Bruder wirklich ist? Oder wie sein Zimmer aussieht?

Ich merke gar nicht, dass ich auf meinem Sitz immer tiefer gerutscht bin. Bis ich aus den Augenwinkeln etwas Dunkles wahrnehme. Auf der Fensterscheibe neben mir liegt eine Hand, Lukes Hand. Er klopft nicht. Er hält einfach nur seine Handfläche gegen das Glas. Und mir wird warm, als würde Luke nicht die Scheibe, sondern mich berühren. Hinter der Hand, etwas weiter weg, ist Lukes Gesicht. Er sieht mich an – mit diesem Blick, der mich erschreckt. In dem Moment weiß ich, dass wir nicht an die Ostsee fahren werden. Oma Blume ist tot.

Es gibt ein bisschen Hin und Her, dann fahren Miri und Yunus ohne uns los. Erstens ist die Pension schon bezahlt und zweitens hat Yunus seit zehn Jahren keinen Urlaub gemacht – behauptet er zumindest. Luke nimmt es den beiden nicht übel. Im Gegenteil.

»Ich finde das richtig«, sagt er auf dem Weg zum Ufer. Luke wollte mal wieder nicht, dass wir zu ihm nach Hause gehen. Aber wenigstens hat er mir seine Adresse jetzt verraten.

»Wie meinst du das?«, will ich wissen.

Luke zuckt mit den Schultern.

»Den Kurztrip können die beiden wahrscheinlich gut gebrauchen.«

Ich verstehe immer noch nicht, worauf er hinauswill. Wahrscheinlich will er vom eigentlichen Thema ablenken. Keine Ahnung, ob ich Oma Blume ansprechen soll. Bis jetzt weiß ich nur, dass sie gestorben ist. Sonst nichts. Weder wann, noch wie – noch wer Luke darüber informiert hat. Aber spielt das alles überhaupt eine Rolle? Ich kenne mich mit diesen Dingen nicht aus. Vielleicht ist für Luke ja nur wichtig, dass wir gerade hier zusammen auf das Wasser gucken?

»Wollen wir Enten füttern?«, fragt er.

Unter normalen Umständen würde ich Luke jetzt sagen, dass das eine schlechte Idee ist. Entenfüttern ist für jedes Gewässer eine mittlere Katastrophe. Das ganze Biotop kann aus dem Gleichgewicht geraten. Aber heute sind die Umstände alles andere als normal. Also stapfe ich zum nächstgelegenen Kiosk und organisiere uns Brötchen. Und dann sitzen wir am Ufer und werfen kleine Bröckchen ins Wasser. Bis uns dieser feindselige Schwan vertreibt. Und der meint es wirklich ernst. Mit ausgebreiteten Flügeln setzt das Tier zur Verfolgung an. Ich lasse die Brötchentüte fallen. Luke greift meine Hand und dann rennen wir los. Wir rennen länger, als wir müssten. Ohne, dass wir darüber sprechen, ist klar, woran wir denken. An unsere allererste Flucht, an unseren allerersten Kuss. Während sich unsere Beine noch bewegen, haben sich unsere Lippen schon gefunden. Ich stolpere, falle und reiße Luke mit zu Boden. Im Gras küssen wir uns weiter. Der Kuss ist anders als alle bisher. Tiefer, inniger. Wir küssen uns, als ginge es um Leben und Tod. Und das tut es ja auch irgendwie. Immer. Man vergisst es nur.

Die nächsten Tage sind in ein seltsames Gefühl getaucht. Alles fühlt sich komisch an. Sogar, wenn ich im Kiosk hinterm Tresen stehe und der Kaffeesahnefrau Kaffeesahne verkaufe, stimmt irgendetwas nicht. Bestimmt hat es mit Oma Blumes Tod zu tun. Mit der Endlichkeit aller Dinge. Ich weiß es nicht. Ich glaube, dass Miri begreifen würde, was ich meine – aber sie taucht nicht auf.

»Die muss nach dem Kurztrip viel für die Uni nachholen«, meint Yunus und holt seinen Werkzeugkoffer aus dem Lager.

»Hängst du sie jetzt auf?«, frage ich.

Irritiert dreht Yunus sich um.

»Was meinst du?«, fragt er.

»Die Schottland-Uhr! Kommt die jetzt an die Wand?«

Ohne eine Antwort zu geben, setzt Yunus sich in Bewegung.

»Wenn wir Miri ein Foto davon schicken, wie ihre Uhr neben den anderen hängt, kommt sie garantiert sofort angedüst«, sage ich.

Yunus lässt seinen Werkzeugkoffer fallen. Ich sehe ihn geschockt an. Das war laut. Und das war Absicht. Was zur Hölle ist denn in ihn gefahren?

»Ich sag es dir jetzt ein Mal«, brummt Yunus. »Dann will ich nicht mehr darüber reden. Ich will keine Fragen hören und ich will keine Tipps von dir. Vor allem will ich kein Psychozeug hören.«

Ich verstehe nur Bahnhof. Trotzdem gelingt es mir, so was wie »Okay« zu murmeln.

Yunus nickt.

»Miriam und ich haben uns getrennt«, sagt er. »Sie hat sich von mir getrennt. An der Ostsee. Beim Sonnenuntergang.«

Yunus bückt sich und hebt den Werkzeugkoffer auf. »So. Und jetzt sorge ich dafür, dass das verdammte Ä wieder leuchtet.«

Ich weiß schon, dass eine Trennung nicht schlimm ist – also im Vergleich zum Tod. Auch, wenn es sich vielleicht ähnlich anfühlen kann. Fakt ist: Bei dem einen geht das Leben weiter. Und beim anderen nicht. Ich weiß nicht, wie ich es erklären soll … Aber irgendwie war ich darauf eingestellt, dass Oma Blume stirbt. Sie war das auch. Und was vielleicht am wichtigsten ist: Sie schien damit einverstanden zu sein. Was natürlich nicht bedeutet, dass alle anderen damit genauso einverstanden sind. Aber dass Miri und Yunus Schluss gemacht haben, das trifft mich völlig unvorbereitet. Ich kann es nicht begreifen. Ich will es auch nicht begreifen. Die beiden sind so was wie Familie. Sie haben mich in ihrem Kiosk aufgenommen und damit auch in diesem Kiez, in dieser Stadt.

»Du tust so, als hätten sie mit dir Schluss gemacht«, sagt Luke.

Ich weiß, was er meint. Aber ich weiß auch, wie das bei Trennungen abläuft: Als unbeteiligter Dritter muss man sich entscheiden. Weil man nur noch mit einer

Person weiter befreundet sein darf. Und das kann ich nicht. Niemals werde ich mich zwischen Yunus und Miri entscheiden. Lange bevor ich mich in meinem Kreuzberger Zimmer auch nur ansatzweise wohlgefühlt habe, war ich bei den beiden am richtigen Platz. Der Kiosk war meine Ersatzheimat. Von hier aus konnte ich Kreuzberg erkunden und vor allem – in Ruhe in Berlin ankommen. Deshalb hat Miri nicht nur ihre Beziehung zerstört, sondern auch etwas, das mir heilig war.

Darf ich da nicht enttäuscht und wütend sein? Luke versteht das alles nicht.

»Ich habe eben den Eindruck, dass es dir dabei vor allem um dich geht«, sagt er. »Und nicht um Yunus und Miri.«

Damit liegt er wahrscheinlich gar nicht so falsch. Aber ist das bei Luke wirklich so anders? Wenn man einen geliebten Menschen verliert, tut man sich da nicht auch selbst schrecklich leid? Und auch da kann man sauer sein. Weil man zurückgelassen wird und allein klarkommen muss. Vielleicht sogar, weil einem bewusst wird, dass man irgendwann selbst derjenige sein wird, der auf einmal nicht mehr da ist.

Wie sich herausstellt, lässt Oma Blume nicht nur Luke zurück. Außer ihrem Adoptiv-Enkel hat sie noch einen richtigen Neffen. Der plant nun die Trauerfeier. Trauerfeier. Über den Begriff stolpere ich immer wieder. Weil die Worte *Trauer* und *Feier* doch gar nicht zusammenpassen! Jedenfalls ist Luke entschlossen, bei dieser Feier eine Rede zu halten.

»Keiner kennt Oma Blume so gut wie ich«, sagt er. »Wenn ich nicht will, dass nur belangloses Zeug über sie erzählt wird, muss ich das übernehmen.«

Wir sitzen auf meinem Bett und suchen im Netz nach Tipps für eine gelungene Trauerrede. Davon gibt es massig! Man darf nicht auf die Tränendrüse drücken. Man soll die Zuhörenden ruhig auch mal zum Schmunzeln bringen. Man darf keine echten Abgründe erwähnen, Macken können hingegen gern angesprochen werden. Außerdem sollte man nicht zu kurz sprechen – und auf keinen Fall zu lang.

»Vielleicht sollte ich es doch lieber lassen«, überlegt Luke eingeschüchtert. »Ich meine, für wen rede ich da überhaupt? Für den Neffen, der sie nie besucht hat? Für die Pokerfrauen, die sie nicht ausstehen konnte? Für ihre Zimmernachbarin, die ihr das *Goldene Blatt* geklaut hat? Oder für den Pfarrer, der sie garantiert nicht einmal kannte?«

»Für euch beide«, sage ich. »Für Oma Blume und dich.«

Luke sieht mich lange an.

»Hast du Papier und Stift für mich?«, fragt er leise. »Ich glaube, ich weiß jetzt, wie ich es angehen kann.«

Ich drücke Luke Schreibzeug in die Hand und schiebe ihn zur Tür. Denn er muss seine Rede an einem Ort schreiben, der mit ihm zu tun hat. Mit ihm und seiner Oma.

Manchmal hat die Welt ein schlechtes Timing. Die Trauerfeier findet ausgerechnet an dem Samstag statt, den ich mit Mama und Papa in Brandenburg verbringen soll. Und sie scheinen tatsächlich darauf zu bestehen.

»Aber ich war doch gar nicht mit an der Ostsee«, protestiere ich. Papa zuckt ungerührt mit den Schultern.

»Das war allein deine Entscheidung«, beharrt er. »Unsere Erlaubnis hattest du.«

Mama legt ihre Hand auf meinen Arm.

»Lotte«, sagt sie. »Eine Abmachung ist eine Abmachung.« Das kann nicht ihr Ernst sein! Ich schüttle Mamas Hand weg. Dass eine Abmachung kein unverbindlicher Vorschlag ist, weiß ich. Aber ich konnte ja nicht ahnen, dass mir der Tod in die Quere kommt!

»Ich verstehe das Problem nicht«, sagt Papa. »Du kanntest die Frau, die da beerdigt wird, doch gar nicht richtig.«

»Ja, aber Luke kannte sie!«, rufe ich. »Wegen ihm muss ich auf die Trauerfeier!«

Papa zieht die Augenbrauen nach oben. Mama guckt genauso skeptisch. Da habe ich einen Verdacht.

»Ihr denkt, ich schiebe alles nur vor?«, frage ich. »Damit ich nicht mit euch wegfahren muss?«

Papa sucht Mamas Blick. Und da weiß ich, dass ich recht habe. Es ist echt nicht zu fassen!

»Nur weil ihr total berechnend seid, bin ich es noch lange nicht!«, rufe ich. Manchmal habe ich den Eindruck, meine Eltern sind Roboter. Hoch entwickelt – aber herzlos.

Bevor ich anfange zu heulen, rausche ich aus dem Zimmer.

Mein erster Impuls ist, in den Kiosk zu flüchten. Aber dann fällt mir ein, dass auch da nichts mehr ist, wie es war. Wenn ich Yunus allein am Tresen sitzen sehe, geht es mir garantiert noch schlechter. Und dann muss Yunus mich trösten! Obwohl er der Verlassene ist. Ich überlege, ob ich Luke anrufen soll. Allerdings würde er sofort hören, wie fertig ich bin. Dann löchert er mich so lange, bis ich ihm den Grund verrate. Und das kann ich nicht. Ich kann ihm nicht sagen, dass ich nicht dabei bin, wenn er von seiner Oma Abschied nehmen muss. Weil ich gerade bei schönstem Wetter das Umland erkunde. Ich meine, dafür hat man doch auch einen Freund oder eine Freundin: für die blöden Dinge des Lebens. Man kann ja nicht nur Eis essen, Discofox tanzen, in der Sonne liegen, knutschen und anzügliche Bemerkungen über das erste Mal machen.

Mir fällt Daniel ein. Er ist jetzt genau der Richtige. Ich zücke mein Handy und rufe ihn an. Leider hat Daniel auch keine Idee, wie ich aus der Ausflugs-Nummer rauskomme. Aber immerhin kündigt er an, direkt eine Online-Petition zu starten. Für die Abschaffung von Erziehungsberechtigen. Das macht meine Eltern zwar nicht weniger fies und meine Situation nicht weniger scheiße, aber immerhin muss ich lachen. Und in dem Moment wird in meinem Hirn eine Blockade gelöst. Ich sehe nicht mehr nur das Problem. Sondern auch eine mögliche Lösung. Und die schlage ich meinen Eltern direkt vor. Sie hören mir zu, ohne mich auch nur ein einziges Mal zu unterbrechen. Und am Ende sind sie tatsächlich einverstanden.

Der Plan ist wie folgt: Am Freitag fahre ich mit meinen Eltern raus aus der Stadt – wohin immer sie wollen. Und dann machen wir zwei Tage lang auch genau das, was sie wollen. (Vermutlich die Natur bewundern, Kaffee trinken und wieder die Natur bewundern.) Allerdings gibt es eine vorgesehene Unterbrechung: Am späten Samstagvormittag setze ich mich in den Zug, um für zwei, drei Stunden zurück nach Berlin zu fahren. Keine Ahnung, wie lange so eine Trauerfeier dauert. Auf jeden Fall steige ich danach wieder in den Zug zurück zu meinen Eltern. Und dann geht unser idyllisches Wochenende im Grünen weiter. Das klingt vielleicht ironisch, aber das soll es nicht. Als ich noch klein war, sind wir oft zusammen raus, in die Natur. Mit dem Unterschied, dass die damals direkt vor unserem Gartenzaun anfing. Dann haben wir Brombeeren gepflückt oder Kastanien und Vogelfedern gesammelt oder was halt gerade so rumlag. Ich überlege, ob wir das immer noch machen können. Vielleicht sogar dieses Wochenende, sinnloses aber schönes Zeug sammeln. Oder ob wir uns komisch dabei vorkämen …

Der Rest der Woche zieht sich wie Kaugummi. Am Donnerstag übernehme ich eine Schicht bei Yunus. Als ich in den Laden komme, bleibe ich an der Schwelle stehen. So verblüfft bin ich. Yunus hat nicht nur die Punkte auf dem Ä zum Leuchten gebracht – er hat auch um-

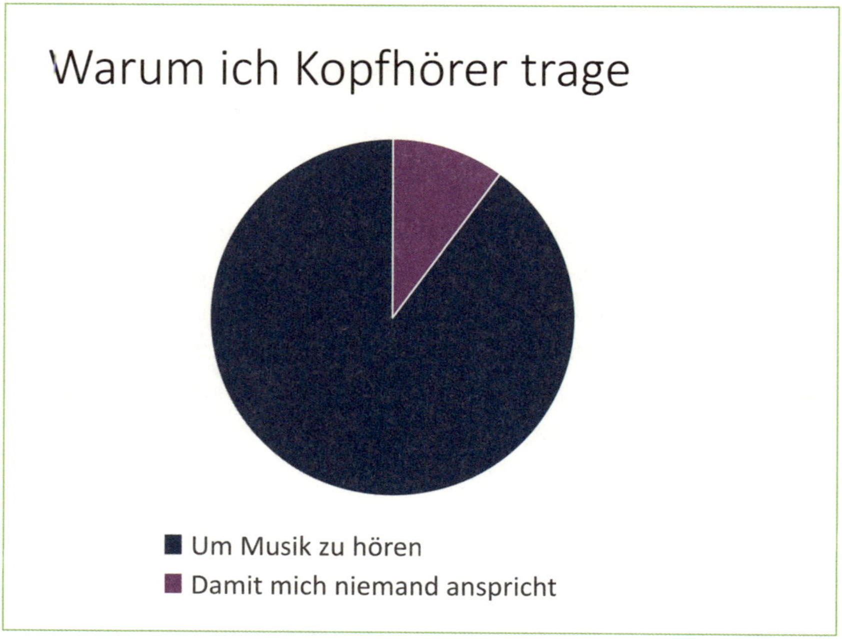

dekoriert. Dort, wo die Bahnhofsuhren hingen, prangt ein gigantischer, türkisfarbener Wandteppich. Ich ahne, woher der kommt. Aber ich halte die Klappe. Erstens macht sich der Teppich wirklich gut. Und zweitens würden die 200 Euro, die auf dem Preisschild stehen, der Ladenkasse nicht gerade schaden. Yunus sprüht vor Tatendrang. Er will die Wände weiß streichen, neue Regale kaufen – außerdem feilt er an einer Erweiterung des Geschäftsmodells.

»Ich glaube, ich verkaufe Eis«, sagt er. »Frisches, italienisches Gelato!«

Offenbar versucht Yunus, durch blinden Aktionismus mit der Trennung klarzukommen. Aber wenn es ihm gerade guttut, wie ein Flummi mit ADHS durch die Gegend zu hüpfen, dann soll er das eben tun. Ich biete

Yunus an, ihm bei der Umsetzung seiner Pläne zu helfen. (Er nimmt dankend an. Obwohl es ihm bewusst sein muss, dass ich Chaos bedeute.) Ich überlege, ob ich mich vielleicht geirrt habe. Ob der Kiosk weiterhin ein guter Ort für mich sein kann ... Auch ohne Miri, die hier sitzt und lernt? Eigentlich fing so auch alles an. Allein mit Yunus und mir. Genau genommen sogar nur mit mir. Nach zehn Sekunden stand ich ja schon allein im Laden.

Während ich mit Yunus zum Baumarkt fahre, feilt Luke an seiner Rede. Manchmal ruft er mich an, um einen Satz daraus vorzulesen. Dann will er wissen, ob mir ein besseres Verb oder Adjektiv einfällt. Meistens klingt es so, wie es ist, schon genau richtig.

Wahrscheinlich hätte ich skeptisch werden sollen, als meine Eltern nicht ihre üblichen Wald-und-Wiesen-Requisiten einpacken. Sie lassen ihre praktischen Schuhe im Flur stehen, auch die regenfeste Funktionskleidung im Partnerlook bleibt am Haken. Aber da es mir mehr als recht ist, wenn wir nicht stundenlang wandern, sage ich nichts.

Kaum sind wir Freitagabend ins Auto gestiegen, setze ich meine Retro-Kopfhörer auf. Schließlich werden wir eine Weile fahren. Doch dann geht es ziemlich schnell wieder runter von der Autobahn. Wir fahren in eine Stadt. Im ersten Moment denke ich, wir sind wieder in Berlin, eine Runde auf der Stadtautobahn und dann wieder rein in die Hauptstadt. Aber da sehe ich das Schild. *Potsdam.*

»Was machen wir denn hier?« Ich setze mich auf und schiebe die Kopfhörer in meinen Nacken. »Ich dachte, wir wollten nach Brandenburg.«

»Potsdam liegt in Brandenburg«, informiert mich Mama.

»Es ist sogar die Hauptstadt dieses oft unterschätzten Bundeslandes«, ergänzt Papa. Dann ist wieder Stille. Das mag alles stimmen, aber trotzdem werde ich unruhig. Irgendwas ist faul an der Sache.

»Haben wir ein Hotel in Potsdam?«, frage ich. »Das ist doch viel zu nah an unserer Wohnung! Das ist doch rausgeschmissenes Geld.«

Mama wirft mir durch den Rückspiegel einen belustigten Blick zu.

»Seit wann machst du dir denn Sorgen über rausgeschmissenes Geld?«

»Noch dazu, wenn wir es für dich rausschmeißen«, fügt Papa hinzu.

»Für mich?«, frage ich. »Aber warum denn für mich? Von mir aus hätten wir zu Hause bleiben können –«

Ich breche ab. Habe ich Berlin gerade tatsächlich mein Zuhause genannt? Auch wenn sich das gar nicht mal so falsch anfühlt, beschließe ich, für den Rest der Fahrt die Klappe zu halten. Wer weiß, was mir sonst noch rausrutscht.

Als ich am nächsten Morgen in meinem Ananas-Rock in der plüschigen Hotellobby stehe, frage ich mich nur eines: Wie dumm kann man eigentlich sein? Ich weiß ja schon lange, dass ich mit meiner Verwandtschaft nicht mithalten kann – aber bin ich wirklich so blöd? So blöd, dass ich erst jetzt kapiere, wo ich hier gelandet bin? Ich blinzle ein paarmal, aber das Schild neben der Rezeption will sich einfach nicht in Luft auflösen.

Gesellschaft für Hochbegabte steht darauf. *Hohenzollern-Saal.*

Jetzt ist mir alles klar! Warum wir hier sind. Warum meine Eltern darauf bestanden haben, dass unser Ausflug an diesem Wochenende stattfindet. Warum nicht mal eine Trauerfeier Grund genug war, das Ganze zu verschieben. Warum sie kein Wanderzeug eingepackt haben. Warum ich mir für heute früh den Handywecker stellen sollte. Und warum Mama mir seit gestern Abend nicht mehr richtig in die Augen sieht.

Sie hat ein schlechtes Gewissen. Weil sie weiß, dass sie mich reingelegt haben.

Das Hotel ist so schick, dass ich mich nicht traue, ihnen eine Szene zu machen. Nicht hier in der Lobby. Nicht vor allen Leuten.

Meine Eltern können sich so oder so denken, dass ich mit der ganzen Sache nicht einverstanden bin. Wortlos folge ich ihnen in den Frühstücksraum, der ein richtiger Saal ist. Zugegeben, das Buffet ist unglaublich – aber ich habe keinen Appetit.

»Lotte«, sagt Papa. »Willst du nicht wenigstens eine Portion Müsli essen? Mit leerem Magen kannst du doch nicht gut –«

Da reicht es mir.

»Was?«, zische ich. »Was kann ich mit leerem Magen nicht gut? Den zehntausendsten Aufnahmetest verhauen? Doch, ich glaube, das kann ich auch mit leerem Magen ziemlich gut.« Ich funkle ihn böse an. »Das Problem ist nämlich nicht mein Magen. Sondern mein Hirn.«

Papa und Mama wechseln einen Blick. Oh, wie ich das hasse! Diesen verschworenen Austausch, das telepathische Beratschlagen. Mama macht den Mund auf, aber ich bin schneller. Die anderen Leute sind mir jetzt egal.

»Ihr habt mich verarscht«, sage ich. »Ihr habt mich total verarscht! Und ich habe echt geglaubt, es geht euch um ein Wochenende mit mir!«

»Lotte«, sagt Mama. »Schatz, das stimmt ja auch. Aber es hat nun mal einfach gepasst –«

Ich lasse sie nicht weitersprechen.

»Du hast letztens noch behauptet, dass du wieder mehr Zeit mit mir verbringen willst«, gifte ich Mama an. »Wenn das wirklich stimmt, warum kochen wir dann kaum noch zusammen?«

Mama sieht mich irritiert an. Sie klappt den Mund auf und wieder zu. Vielleicht wird ihr erst jetzt so richtig klar, dass ich beim Gemüseschnippeln nicht nur mitgemacht habe, um ihr und Papa einen Gefallen zu tun. Dass das wirklich unser Ding war.

In dem Moment tritt irgendein Vereinsheini an unseren Tisch. Ich habe ihn schon öfter gesehen, bei anderen Prüfungen in anderen Hotels. Aber ich weiß nicht mehr, wie er heißt. Wenn mich etwas nicht die Bohne interessiert, sind auch Mnemotechniken nutzlos. Der Typ schüttelt meinen Eltern die Hand.

»Wir versuchen es mal wieder«, sagt Papa und macht eine kleine Nickbewegung in meine Richtung. »Das letzte Mal war sie angeschlagen. Grippe.«

Hmm. Daran kann ich mich zwar nicht erinnern, aber egal. Der Typ lächelt mir aufmunternd zu. Wahrscheinlich ist er eigentlich ganz nett und rettet in seiner Freizeit Kröten. Aber ich kann nicht anders, als ihn doof zu finden. Ihn und seine Scheißgesellschaft.

Das ganze Frühstück über reden meine Eltern auf mich ein wie auf einen kranken Hund. Ich schalte auf Durchzug, aber einige Satzfetzen schaffen es doch in mein Hirn. *Nun sind wir schon mal da ... es dauert auch nicht lange ... wäre es nicht schön, wenn wir alle ... wenn du mit deinen Cousins und Cousinen ...*

Ich kann die Argumente nicht mehr hören. Ich kann sie einfach nicht mehr hören. Und deshalb nicke ich irgendwann. Nur damit meine Eltern endlich still sind. Damit ich endlich meine Ruhe habe. Ich nicke und sage zu allem Ja und Amen. Nur mein Müsli esse ich nicht.

Ich mache es tatsächlich. Ich stelle ich mich in die Schlange vor dem Hohenzollern-Saal. Dort lasse ich mich registrieren, gebe meine Tasche ab, nehme mir einen Kugelschreiber und teste, ob er auch richtig schreibt. Ich suche mir einen Fensterplatz und warte auf den Umschlag mit den Aufgaben. Vor mir, hinter mir, neben mir, überall sitzen sie, die anderen Kinder und Jugendlichen und alle riechen nach Schweiß. Mit großem Tamtam wird das Startsignal gegeben. Ich reiße den Umschlag auf und lege los.

Dieses Mal läuft es. Es läuft richtig gut. Das merke ich sofort. Ich vervollständige Reihen mit der nächsten logischen Ziffer und markiere kleine Kästchen, bei denen mein räumliches Denken geprüft wird. Habe ich eine Antwort gegeben, wende ich mich der nächsten Aufgabe zu. Ich denke scharf nach. Aber ich habe nicht wie sonst das Gefühl, dass mein Kopf jeden Moment zerplatzen könnte. Vielleicht, weil mir mein Ergebnis zum ersten Mal völlig egal ist. Und einen kurzen Moment lang bin ich einfach nur da, mit allen Sinnen. Ich schmecke den Traubenzucker auf meiner Zunge, fühle den Stift in meiner Hand. Ich höre, wie seine Mine über das Papier kratzt, das Ticken einer Uhr und die Atemzüge der Menschen um mich herum. Und als jemand nach frischer Luft fragt und das Fenster neben mir weit geöffnet wird, kann ich frisch gemähtes Gras riechen. Auf einmal weiß ich auch, was ich als Nächstes tun muss. Es liegt ganz klar vor mir.

Das Ganze läuft überraschend unspektakulär ab. Niemand sagt etwas. Es versucht auch niemand, mich aufzuhalten, als ich aufstehe, mich ans offene Fenster stelle, tief Luft hole – und mich nach draußen schwinge. Hier und da werden ein paar Köpfe gehoben, einige wenige sehen mir nach.

Erst, als ich auf der raspelkurzen Hotelwiese sitze, fällt mir ein, dass ich weder Geld noch Handy habe. Meine Tasche musste ich vor der Prüfung ja abgeben. In meiner Rocktasche befindet sich genau ein Euro, in kleinen Münzen. Und nun? Schon klar, rein theoretisch könnte ich ins Hotel marschieren und mein Zeug an der Garderobe abholen. Allerdings ist die Gefahr, meinen Eltern über den Weg zu laufen, echt groß. Darauf will ich es nicht ankommen lassen. Also stehe ich auf, klopfe mir den Schmutz von den Knien und laufe los. Den S-Bahnhof werde ich schon finden.

Zugegeben, ohne Ticket zurück nach Berlin zu fahren, ist alles andere als ideal. Aber die Götter aller Schwarzfahrer sind mit mir und ich werde nicht erwischt. Als ich in der Bahn sitze und den Kopf gegen die schmutzige Scheibe lege, bekomme ich doch noch ein schlechtes Gewissen. Nicht wegen der erschummelten Fahrt. Erst recht nicht wegen der abgebrochenen Prüfung. Das war genau richtig. Aber ich hätte meinen Eltern schon irgendwie Bescheid geben müssen. Ich sehe sie genau vor mir, wie sie vor dem Hohenzollern-Saal auf- und abgehen. Wie sie nach mir Ausschau halten, sobald die Tür aufgeht.

Draußen zieht Brandenburg vorbei. Wälder, Felder, ein See.

Ich glaube, das viel zitierte Umland ist tatsächlich einen Ausflug wert. Vielleicht holen wir das ja nach, Mama, Papa und ich. (Falls sie mich nach dieser Aktion nicht verstoßen, versteht sich.)

Ich bin viel zu früh wieder in der Stadt. Die Trauerfeier beginnt erst in drei Stunden. Einen Teil der Zeit vertreibe ich mir gleich am Hauptbahnhof. Ich haue meinen Euro auf den Kopf und kaufe eine Postkarte für Tante Grete. Damit sie zur Abwechslung mal einen Gruß von mir in ihrem Briefkasten findet. Auf den meisten Karten sind die typischen Touri-Motive. Fernsehturm, Reichstag, Brandenburger Tor. Ganz unten im Ständer entdecke ich eine Karte mit der Spree – und die wird es. Weil der Fluss ein Sinnbild sein könnte und weil mir heute nach bedeutungsvollen Gesten zumute ist. Der Fluss des Lebens, der Lauf der Dinge, it's all water under the bridge. Keine Ahnung, was Tante Grete daraus macht. Sie wird es schon verstehen.

Ich setze mich vor dem Bahnhof in die Sonne, zücke den Prüfungskuli, beginne zu schreiben und höre nicht mehr auf. Meine Schrift wird zu einem ganz eigenen Fluss, der Tante Grete erzählt, was alles so vor sich geht, in mir und um mich herum. Ich schreibe, dass ich gerade beschlossen habe, mich selbst zu akzeptieren. Und dass ich gespannt bin, ob die anderen es nun auch endlich tun. Ich schreibe so viel, dass kaum noch Platz für die Briefmarke ist. Bestimmt wird sie Gretes Namen zur Hälfte verdecken.

Aber die Karte wird schon ankommen, denke ich mir. Auf Umwegen kommt doch eigentlich immer alles an.

Und deshalb mache ich mich jetzt auf den Weg zu Luke.

»Lotte?«

Die Stimme kommt nicht aus der Klingelanlage, auf der bestimmt 100 Namen stehen. Die Stimme schallt von weiter oben zu mir. Ich kneife die Augen zusammen und lege den Kopf in den Nacken – da entdecke ich ihn acht Stockwerke über mir.

»Hallo Luke!«, rufe ich und wedle mit beiden Armen. Wenn er sich noch ein bisschen weiter über den Balkon lehnt, stürzt er ab. Und wenn ich auch nur versuche, ihn aufzufangen, war es das mit beiden von uns.

»Was machst du hier?«, ruft Luke.

»Ich warte darauf, dass du auf den Summer drückst!«

»Was?«

»Der Summer!«, rufe ich. »Lass mich rein.«

Luke blickt mich an und ich wünsche mir ein Fernglas, um seinen Gesichtsausdruck besser sehen zu können. Da ist Luke auch schon wieder verschwunden. Ich lege die Hand gegen die Tür und warte auf das Geräusch des Summers. Das nicht kommt. In meinem Bauch breitet sich ein unangenehmes Gefühl aus. Kann es wirklich sein, dass mein Freund mich unter keinen Umständen in seine Wohnung lässt? Dass er sich lieber da oben verschanzt? Das wäre zu viel für mich. Nach allem, was ich heute durchgemacht habe, wäre das echt zu viel.

Ich bin kurz davor, umzudrehen, als die Tür doch noch aufgerissen wird. Luke steht vor mir, außer Atem.

»Lotte«, sagt er und streicht sich die Haare aus der Stirn.

Ich freue mich so sehr, ihn zu sehen – ihn aus allernächster Nähe zu sehen –, dass es mich fast umhaut. Als wir uns umarmen, merke ich erst, wie müde ich bin.

»Ich brauche ein Bett«, murmle ich. Oder meinetwegen ein Sofa. Ein Teppich würde es auch tun. Solange Luke neben mir liegt. Und ich ein klitzekleines bisschen schlafen kann. Danach bin ich bereit für die Trauerfeier. Und kann mich vielleicht sogar der Enttäuschung meiner Eltern stellen.

Luke zieht die Haustür hinter sich zu. Hat er irgendwas nicht verstanden?

»Ähm, ich meinte eigentlich dein Bett«, stelle ich klar. »Mein Wohnungsschlüssel ist noch in Potsdam.«

Luke runzelt die Stirn.

»Lange Geschichte«, sage ich. »Können wir jetzt hoch?«

Mein Freund steht einfach nur da und sieht an mir vorbei.

»Luke? Lass uns bitte nach oben gehen.«

Er sagt immer noch nichts. Es ist längst klar, dass hier irgendwas nicht stimmt.

»Die Sache ist die …«, beginnt er langsam.

»Ja?«

»Da oben ist es nicht schön.«

»Nicht schön?«, wiederhole ich.

Luke nickt.

»Ich verstehe nicht«, sage ich. »Dir gefällt die Wandfarbe im Wohnzimmer nicht? Oder die Fliesen im Bad?«

Luke verzieht den Mund.

»Wir haben kein Wohnzimmer«, sagt er. »Und ein Bad … ich schätze, das ist Definitionssache. Wir haben eine Dusche mit Klo. So groß wie das bei Yunus. Man kann sich darin also gemütlich einmal um die eigene Achse drehen. Aber die Fliesen sind echt spitze!«

Es soll ein Witz sein, aber Luke klingt bitter.

»Luke«, sage ich und berühre seinen Oberarm. Das scheint er nicht einmal zu merken, er sieht einfach an mir vorbei.

»Meine Eltern haben es in all den Jahren nicht auf die Reihe gekriegt, eine Wohnung zu besorgen, die größenmäßig passt.« Luke zuckt mit den Schultern. »Und jetzt ist es auch egal. In ein paar Jahren bin ich eh hier weg.«

»Hmm«, mache ich. *Deshalb* hat er mich von seiner Familie ferngehalten? Damit ich ihre zu kleine Wohnung nicht sehe? Ich kann es nicht fassen. Das ist doch kein Grund. So was darf kein Grund sein, bei mir und ihm. Gleichzeitig komme ich mir ziemlich blöd vor. Weil ich mich die ganze Zeit über unsere topsanierte Wohnung und mein großes, sonniges Zimmer beschwert habe. Und jetzt erzählt mir Luke, dass er sich ein Zimmer mit seinem kleinen Bruder teilt. Schon klar, es gibt Schlimmeres. Aber Luke scheint es unangenehm genug zu sein. Oder peinlich? Mit Peinlichkeiten kenne ich mich aus. Nur sind die eher anderer Art. Bei meinen geht es nicht um zu wenig Geld, eine zu kleine Wohnung – sondern um umgestoßene Regale und Kaffeetassen. Ich befürchte, ich bin gerade zu müde, um weiter darüber nachzudenken. Und vielleicht kommt es letztlich sowieso aufs Gleiche raus.

»Wenn du da wirklich hochwillst, bringe ich dich hoch«, sagt Luke. »Aber ich warne dich. In unserem Zimmer liegt noch mein alter Autoteppich. Überall fliegen verdammte Legosteine rum. Es tut sauweh, wenn man da drauftritt. Ich schwöre dir, das ist ein Legoland für Arme.«

»Okay«, sage ich und lehne mich gegen Luke. »Gibt es da denn auch ein Bett, in diesem Legoland?«

Luke nickt.

»Und wenn ich mich in dieses Bett lege, legst du dich dann zu mir?«

Luke nickt wieder.

»Dann gehen wir jetzt hoch«, sage ich.

Und genau das tun wir. Und nachdem ich meinen Eltern über Lukes Handy geschrieben habe, dass es mir gut geht und wir zwei Spielzeugautos unter dem Kopfkissen hervorgezogen haben, schlafe ich wie ein Baby.

Ich habe mit einer kleinen Trauerfeier gerechnet. Mit höchstens fünf, sechs Leuten. Aber dann kommt dieser Kleinbus angedüst, bis auf den letzten Platz besetzt mit schwarz gekleideten Senioren. Zuerst traue ich meinen Augen kaum, aber es ist tatsächlich Yunus, der da am Lenkrad sitzt. Stolz grinst er über beide Backen. Ich glaube, er muss sich beherrschen, nicht auf die Hupe zu drücken. Sprachlos blicke ich Luke an, der neben mir in Jeans und einem schwarzen Kapuzenpulli steht. Der Anzug seines Vaters war ihm zu klein. Aber auch ohne ist er immer noch passender gekleidet als ich, mit meinem quietschbunten Ananas-Rock. Zuerst war ich deshalb ziemlich unsicher. Aber Lukes Mama, die wirklich total jung ist, hat mich beruhigt. Sie hat behauptet, dass ausgerechnet Ananas die erklärten Lieblingsfrüchte von Oma Blume waren – was mein Outfit zum Besten überhaupt macht. Weil ich damit die lebendige Oma Blume ehre. Gelogen oder nicht. Mit der Geschichte im Kopf fühle ich mich gleich deutlich wohler.

Es ist meine erste Trauerfeier. Deshalb weiß ich auch nicht, was ich wann machen muss. Nach den Eingangsworten des Seniorenheimleiters fange ich beinahe an zu klatschen. Ich habe die Hände schon in der Luft und kann die Bewegung gerade noch stoppen, indem ich mir über den Kopf streiche, als hätte ich Läuse. Aber egal.

Applaus wäre definitiv noch blöder gewesen. Ich beschließe, die alten Leute genau im Blick zu behalten – weil das garantiert Profis im Abschiednehmen sind.

Ich bin so damit beschäftigt, alles zu beobachten – und ich gebe zu, in meinem Kopf formt sich die ein oder andere Grafik –, dass ich gar nicht dazu komme, traurig zu sein. Aber das muss ich auch gar nicht. Ich bin wegen Luke hier und ich halte seine Hand, bis zu dem Moment, in dem er aufsteht und nach vorne geht. Seine Rede ist eigentlich ein Brief und wunderschön. Ganz leise und langsam erzählt Luke, dass er bei Oma Blume immer die Simpsons gucken durfte, dass sie ihm Mühle beigebracht hat und wie man Schnürsenkel bindet und dass sie ihm das einzige Mittel verraten hat, das wirklich gegen Schluckauf hilft. Das macht Luke sogar vor, weil er es weitergeben will. Er hält sich mit beiden Daumen die Ohren zu, drückt mit den kleinen Fingern die Nasenflügel zusammen und bläst die Backen auf. An der Stelle bringt er uns alle zum Schmunzeln, irgendwo lacht jemand sogar. Und er vergisst auch nicht zu betonen, wie wichtig es Oma Blume war, dass sie nicht von uns gegangen ist. Sondern getragen wird. Da denke ich, dass Trauerfeier vielleicht doch gar kein so schlechter Begriff ist. Jedenfalls, wenn man es so macht wie wir an diesem Tag.

Als alles vorbei ist, entdecke ich Miri. Sie steht in ihrer Motorradkluft neben Yunus in der Sonne. Mein Herz macht einen kleinen Hüpfer, weil ich im ersten Moment denke, sie haben sich wieder versöhnt. Bis mir einfällt, dass sie sich ja gar nicht gestritten haben. Sie haben sich einfach so, »im Guten« getrennt. Was immer das heißt. Während ich noch überlege, ob es eine gute Idee ist, zu den beiden zu gehen, nimmt Miri mir die Entscheidung ab. Mit großen Schritten läuft sie zu mir und nimmt mich in ihre Arme. Miri ist wirklich gut im Umarmen. Ab diesem Moment bin ich mit ihrer Entscheidung genauso einverstanden, wie der Rest der Welt wohl längst – selbst Yunus, irgendwie. Und ich ahne auch, dass ich mich gar nicht zwischen den beiden entscheiden muss. Weil beide zu mir gehören, ganz unabhängig voneinander.

»Wie geht es dir?«, fragt Miri. Und ich weiß sofort, dass das bei ihr nicht nur eine Floskel ist. Sie will das wissen. Deshalb will ich ihr auch eine richtige Antwort geben. Also spüre ich in mich hinein, eine ganze Weile lang. Miri lässt mir alle Zeit der Welt.

Ich sehe, wie Luke sich zu seiner Mutter beugt, wie sie lacht und wie sie in dem Moment garantiert von allen für seine etwas ältere Schwester gehalten wird. Außerdem sehe ich Yunus, der die Senioren langsam zurück in den Bus winkt. Es würde mich nicht wundern, wenn er gleich noch eine kleine Spritztour mit ihnen machen würde, vielleicht nicht an die Ostsee, aber bis zum Wannsee bestimmt. Und mit irgendeinem dritten Auge sehe ich meine Eltern, die meine Handy-Nachricht ein paarmal gelesen haben, erst fassungslos, bald jedoch mit einer Gelassenheit, die sie auch jetzt durch eine malerische Altstadt schlendern lässt. Weil sie genau wie ich endlich begriffen haben, dass es keine Rolle spielt, ob ich in diesem einen ganz bestimmten Verein bin – auch wenn er ihnen wichtig ist und sie so glücklich macht.

Denn die Hauptsache ist, dass es in meinem Leben etwas gibt, das mir wichtig ist und mich glücklich macht. Und davon gibt es eine ganze Menge. Außerdem existiert bei all der Unterschiedlichkeit zwischen mir und meinen Eltern ja immer noch diese Schnittmenge. Und die ist nicht unbedeutend. Dazu könnte man eigentlich auch mal ein schönes Diagramm zeichnen. Auf einmal weiß ich, dass es mir gut geht. Richtig gut. Ich will Miri gerade antworten, als sie mich noch einmal drückt. »Das freut mich«, sagt sie. »Lotte, das freut mich unheimlich ... Und jetzt verrate mir schon: Wo gibt's diesen Wahnsinnsrock?«

LENA HACH wurde 1982 in Hessen geboren. Sie besuchte eine Schule für Clowns und studierte anschließend Anglistik, Germanistik und Kreatives Schreiben. Sie arbeitete zunächst als Journalistin und widmete sich dann der Kinder- und Jugendliteratur. Inzwischen sind mehrere Bücher von Lena Hach bei Mixtvision erschienen. Ihre Bücher wurden bereits vielfach ausgezeichnet, zuletzt mit dem Leipziger Lesekompass 2018 für den ersten Band der Reihe »Der verrückte Erfinderschuppen«. »Grüne Gurken« ist ihr erstes Jugendbuch bei Mixtvision.
Mehr zur Autorin unter: www.lenahach.de

KATJA BERLIN studierte an der TU sowie an der FU Berlin Medienberatung und Politikwissenschaft. Nach mehreren Jahren als PR-Referentin und Onlineredakteurin bei Verbänden und einem Bundesministerium ist sie seit 2010 als freiberufliche Autorin tätig. Regelmäßig ist sie mit Grafikkolumnen in der ZEIT und im Handelsblatt vertreten. Außerdem schreibt sie für die Berliner Zeitung. Seit Oktober 2013 wohnt sie in Berlin Gesundbrunnen.
Mehr zur Künstlerin unter: www.katjaberlin.com